Enid Blyton

Le Club des Cinq

pris au piège

hachette
JEUNESSE

FRANÇOIS

12 ans.
L'aîné des enfants, le plus raisonnable aussi. Grâce à son redoutable sens de l'orientation, il peut explorer n'importe quel souterrain sans jamais se perdre !

ANNIE

10 ans.
La plus jeune, un peu gaffeuse, un peu froussarde ! Mais elle finit toujours par participer aux enquêtes, même quand il faut affronter de dangereux malfaiteurs...

CLAUDE

11 ans.

Leur cousine. Avec son fidèle chien Dagobert, elle est de toutes les aventures. En vrai garçon manqué, elle est imbattable dans tous les sports et elle ne pleure jamais… ou presque !

DAGOBERT

Sans lui, le Club des Cinq ne serait rien ! C'est un compagnon hors pair, qui peut monter la garde et effrayer les bandits. Mais surtout, c'est le plus attachant des chiens.

MICK

11 ans.

C'est un casse-cou (un gourmand aussi !) qui n'hésite jamais avant de se lancer dans les plus périlleuses aventures.

L'édition originale de cet ouvrage a paru en langue anglaise
chez Hodder & Stoughton, Londres, sous le titre :
Five fall into adventure

Dans les précédentes éditions, ce texte portait le titre :
Le Club des Cinq et les gitans.

Traduction revue par Rosalind Elland-Goldsmith.
Illustrations : Auren.

Hachette Livre, 58, rue Jean-Bleuzen, 92178 Vanves Cedex.

CHAPITRE 1

À la *Villa des Mouettes*

Claudine attend ses trois cousins à la gare. Auprès d'elle, Dagobert, son chien, remue la queue, l'air impatient. Il sait qu'il va retrouver François, Mick et Annie, et il s'en réjouit. La vie est toujours beaucoup plus amusante lorsque les Cinq sont réunis !

— Le train arrive, Dago ! s'écrie Claude.

Personne ne l'appelle Claudine, car elle déteste ce prénom qui fait trop « fille ». Claude est un vrai garçon manqué : ses cheveux noirs sont courts et frisés, son visage bronzé par de longues heures passées à pêcher sur son canot, et elle ne porte jamais de jupes.

Le bruit du train se fait entendre au loin.

Dagobert aboie. Il n'aime pas ces gros engins en ferraille, mais il a de la sympathie pour celui-là.

Lentement, la première voiture fait son entrée dans la gare de Kernach ; avant même qu'elle se soit arrêtée au bout du quai, trois têtes s'encadrent dans l'une des fenêtres. Claude agite la main pour attirer l'attention de ses cousins. Un large sourire s'épanouit sur son visage. La portière s'ouvre quelques instants après l'arrêt du train. Un grand garçon en descend : c'est François, l'aîné. Puis c'est au tour de Mick, le cadet, de sauter sur le quai. Il porte une valise dans chaque main, et un sac sur le dos. Enfin, Annie, la plus jeune, fait son apparition. Claude et Dago se précipitent vers les trois voyageurs.

— François, Mick, Annie ! On est tellement contents de vous voir !

— Salut Claude ! Hello Dago !

— Ouah ! répond le chien avec joie.

Il court dans tous les sens, léchant chacun des enfants au visage et jappant sans cesse pour manifester son plaisir de voir les cousins de sa jeune maîtresse.

— Vos valises ne sont pas bien grosses... Vous n'avez pas pris beaucoup d'affaires ? demande Claude.

— Eh non ! répond Mick. On ne vient pas pour longtemps cette fois ! Quinze jours seulement. Enfin, c'est mieux que rien.

— Je m'en doutais... Vous n'auriez pas dû rester en Angleterre si longtemps, bougonne sa cousine avec une pointe de jalousie. Mais j'imagine que Londres est une ville bien plus amusante que Kernach...

Mick sourit.

— Nos parents voulaient qu'on fasse des progrès en anglais, pour qu'on ait de meilleures notes à l'école.

Et il commence à parler en anglais si rapidement que Claude ne saisit qu'une phrase sur deux.

— Ça suffit ! l'interrompt-elle en donnant une tape amicale à son cousin. Tu es toujours aussi crâneur, à ce que je vois ! Enfin je suis contente que vous puissiez tout de même venir passer deux semaines à Kernach. Je commençais à m'ennuyer ferme sans vous !

Un car attend à la sortie de la gare. Le conducteur s'approche du quai.

— Départ dans cinq minutes, direction le marché, la plage et ses environs ! annonce-t-il. Les voyageurs sont priés de déposer leurs bagages dans la soute, et de monter à bord !

François et Mick s'emparent des valises et se

précipitent vers le bus, suivis de près par Claude, Annie et Dago.

— Vous voulez que je vous aide à ranger vos sacs ? demande le conducteur.

Mick lui répond en anglais.

— Très drôle, jeune homme ! Je vous reconnais, vous allez jusqu'à la *Villa des Mouettes*, n'est-ce pas ?

— Oui, intervient Annie. Allez Mick, arrête tes blagues.

— Oh ! laisse-le ! s'exclame Claude. Je suis si contente d'être avec vous !

Les enfants s'installent dans le véhicule. Dagobert s'assoit par terre, entre les pieds de sa jeune maîtresse, tandis que celle-ci passe un bras autour de l'épaule de sa cousine.

— Maman a hâte de vous voir, poursuit-elle.

— Mais je suppose que l'oncle Henri, lui, doit redouter notre arrivée, complète François en montant dans le car.

— Papa est de très bonne humeur, répond Claude. Vous savez qu'il est allé en Amérique avec maman pour faire des conférences et discuter avec d'autres savants ?

Henri Dorsel est un brillant scientifique, connu dans le monde entier. Mais il a un caractère plutôt difficile, impatient, coléreux et distrait. Si les enfants l'aiment beaucoup, ils ont aussi un peu peur de lui. Ils se sentent plus libres quand le père de Claude s'en va pour quelques jours : ils peuvent alors faire autant de bruit qu'ils veulent, monter et descendre les escaliers, jouer à toutes sortes de jeux.

— L'oncle Henri va rester à la maison pendant tout notre séjour ? demande Annie, l'air inquiet.

— Non, répond Claude. Papa et maman prennent quelques jours de vacances. Ils vont faire un voyage en Espagne. On sera tout seuls.

— Génial ! s'écrie Mick. On pourra passer toute la journée en maillot de bain.

— Et Dago pourra manger avec nous ! Le pauvre, toute cette semaine, papa l'a chassé de la salle à manger parce qu'il chipait des morceaux de viande que maman nous servait.

— Pauvre chien ! s'émeut Annie en caressant le pelage de Dagobert. On lui donnera tous les plats qu'il voudra.

— Ouah ! répond l'animal, reconnaissant.

— C'est dommage que nos vacances soient si courtes : on n'aura pas le temps de vivre beaucoup d'aventures... murmure François avec regret, tandis que le bus se gare devant la *Villa des Mouettes*.

Les coquelicots ont fleuri dans l'herbe, et la mer, au loin, brille, aussi bleue que les bleuets.

dble

— Deux semaines à peine, poursuit le jeune garçon, et ensuite, il faudra retourner en classe. Enfin, j'espère qu'il fera beau ! Je veux me baigner six fois par jour !

Les enfants descendent du car et, après avoir dit au revoir au conducteur, récupèrent leurs valises dans la soute. Quelques instants plus tard, ils se placent tous autour de la table de la salle à manger. Tante Cécile a préparé un très bon goûter : elle est enchantée de revoir ses neveux et sa nièce.

— Claude va enfin retrouver le sourire ! dit-elle d'un air bienveillant. Elle était toute triste, la semaine dernière. Veux-tu un autre croissant, Mick ? Tu as l'air d'avoir faim.

— Oui, merci, réplique le jeune garçon. C'est délicieux. Où est l'oncle Henri ?

— Dans son bureau, répond sa tante. J'irai le chercher dans une minute. J'ai l'impression qu'il ne mangerait pas de toute la journée, si je ne le tirais pas de force jusqu'à la salle à manger.

— Je crois qu'il arrive ! s'écrie François en entendant les pas rapides de son oncle.

La porte s'ouvre d'un coup. L'oncle Henri apparaît ; il tient un journal à la main et semble très absorbé. Il ne remarque même pas les nouveaux venus.

— Cécile ! s'exclame-t-il, les sourcils

froncés. Tu sais ce que les journalistes ont osé publier ? J'avais pourtant bien précisé que ces informations étaient confidentielles ! Les imbéciles ! Les...

— Henri ! l'interrompt sa femme. Que t'arrive-t-il ? Regarde, les enfants sont là.

Mais le père de Claude ne se rend toujours pas compte de la présence des jeunes vacanciers, tant il est préoccupé par l'article du journal.

— Avec cette histoire, la maison sera envahie par des reporters qui voudront me rencontrer et connaître tous mes projets ! s'énerve-t-il. Écoute un peu ce qu'ils osent écrire, sans aucune autorisation : « Le fameux savant poursuit ses expériences chez lui, à la *Villa des Mouettes* ; c'est là que se trouvent tous ses dossiers, tous ses carnets de notes et les plans de ses prochains livres. Deux nouveaux cahiers, écrits en Amérique, ainsi que d'étonnants schémas sont rangés dans son bureau personnel à Kernach. » C'est certain, Cécile, que nous aurons une horde de journalistes ici !

— Mais non, Henri, ne t'inquiète pas ! De toute façon nous partons pour l'Espagne. Assieds-toi et bois un peu de thé. Tu n'as pas encore souhaité la bienvenue à François, Mick et Annie.

L'oncle Henri tire une chaise à lui et s'y installe en grognant.

— Je ne savais pas qu'ils devaient venir, marmonne-t-il en saisissant une biscotte beurrée. Tu aurais pu me prévenir, Cécile.

— Je te l'ai dit trois fois hier et deux fois ce matin ! répond sa femme, d'un ton irrité.

Annie serre doucement la main du savant, qui est assis près d'elle.

— Tu es toujours le même, oncle Henri. Tu ne te souviens jamais de la date de notre arrivée ; tu veux qu'on reparte tout de suite ?

L'homme la regarde et lui sourit. Sa mauvaise humeur ne dure jamais longtemps.

— Bien sûr que non. Je suis très content de vous voir.

Il se tourne ensuite vers François et Mick.

— Eh bien ! Vous voilà de nouveau ici, mes chers neveux, déclare-t-il. Vous sentez-vous capables de garder la maison pendant que je serai en voyage avec votre tante ?

— Bien entendu ! s'exclament les deux garçons, très fiers de la responsabilité que leur confie leur oncle.

— Personne n'osera approcher de la *Villa des Mouettes*, précise François. Dagobert nous aidera. On mettra une pancarte : *Attention, chien méchant*.

— Ouah, ouah ! approuve Dago, qui paraît enchanté.

— Quand partez-vous pour l'Espagne, maman et toi ? demande Claude.

— Demain, répond tante Cécile avec fermeté. Ne prends pas cet air, je t'en prie, Henri, tu sais parfaitement que tout est arrangé depuis des semaines ! D'ailleurs, tu as besoin de vacances !

— Tu aurais pu m'avertir que le départ était fixé à demain ! s'indigne son mari. J'ai encore des tas de choses à faire.

— Henri, je t'ai dit des dizaines de fois que nous prenions l'avion le 14 août. Moi aussi, j'ai besoin de vacances, ajoute-t-elle d'une voix décidée. Les enfants seront très bien ici avec le chien. François est grand maintenant, il saura veiller sur les autres. Et puis Maria, la cuisinière, sera là, elle aussi : je lui ai demandé d'habiter à la villa pendant notre absence ; elle occupera la chambre du bas et doit nous prévenir s'il y a le moindre problème.

Dagobert se hisse sur ses pattes arrière et essaie d'atteindre un morceau de croissant dans l'assiette de Mick. L'oncle Henri bondit de sa chaise.

— Si ce chien recommence... !

Sa femme l'interrompt aussitôt.

— Tu vois, tu es horriblement nerveux ! Cela te fera du bien de partir. Alors, souviens-toi que nous quittons la maison demain. Je ne m'inquiète pas pour les enfants, il ne peut rien leur arriver.

Mais tante Cécile se trompe. Tout peut arriver lorsque le Club des Cinq est livré à sa fantaisie !

CHAPITRE 2

Une rencontre sur la plage

Il est très difficile de décider l'oncle Henri à partir le lendemain. Le savant reste enfermé dans son bureau jusqu'au dernier moment. Le taxi arrive et s'arrête devant la grille du jardin. Tante Cécile, prête depuis longtemps, court frapper à la porte du bureau.

— Henri ! Ouvre la porte et viens ! Nous allons rater l'avion si tu ne te dépêches pas !

— Une minute, répond son mari.

Tante Cécile regarde les enfants d'un air désespéré.

— C'est la quatrième fois qu'on l'appelle, et c'est la quatrième fois qu'il répond : « Une minute ! », s'écrie Claude.

À cet instant le téléphone sonne et la jeune fille prend l'appareil.

— Oui... répond-elle. Non, c'est impossible... Il est parti en Espagne, pour une semaine ou deux, probablement... Attendez, je vais me renseigner.

— Qui est-ce ? interroge sa mère.

— C'est *Le Journal du matin.* Ils veulent envoyer un reporter pour interviewer papa ! Je leur ai dit qu'il était parti en Espagne. Ils demandent s'ils peuvent publier cette nouvelle.

— Bien sûr, répond tante Cécile, pleine de reconnaissance pour sa fille. Lorsqu'ils auront annoncé ce départ, plus personne ne téléphonera.

Claude donne donc l'autorisation au journaliste.

Dehors, le chauffeur de taxi s'impatiente et klaxonne à tue-tête. Dago aboie furieusement. L'oncle Henri apparaît alors sur le seuil de son bureau, rouge de colère.

— Je ne peux donc jamais avoir la paix quand je travaille ?

Mais sa femme va le prendre par la main, lui donne sa veste, et l'entraîne vers la porte de la villa.

— Tu ne travailles plus, tu es en vacances ! déclare-t-elle.

Elle s'aperçoit alors qu'il tient un porte-documents sous le bras.

— Oh ! Henri, tu es épouvantable ! Tu emportes du travail en voyage ?

Au même moment, le téléphone sonne de nouveau.

— Encore un reporter qui veut t'interviewer, papa ! Tu ferais bien de te dépêcher ! s'écrie Claude.

La crainte de rencontrer les journalistes décide l'oncle Henri à s'en aller au plus vite. Quelques secondes plus tard, il est assis dans le taxi, serrant toujours contre lui son porte-documents. Il explique avec véhémence au chauffeur ce qu'il pense des gens qui troublent le travail des savants.

— Au revoir, mes chéris ! crie tante Cécile à travers la fenêtre du véhicule. Soyez sages et amusez-vous bien.

Le taxi disparaît au loin.

— Pauvre maman ! dit Claude. C'est toujours comme ça quand elle part en vacances. Ce qui est sûr, c'est que moi je n'épouserai jamais un chercheur !

Les quatre enfants poussent un soupir de soulagement en pensant que l'oncle Henri est parti. Durant les périodes de travail intensif, il a vraiment un caractère impossible.

— Pourtant, c'est un scientifique de premier plan, déclare François. En classe, notre professeur parle de lui avec admiration. Mais le problème, c'est qu'il voudrait que je sois très bon en mathématiques et en sciences, sous prétexte que j'ai un oncle brillant !

— Bon, pour l'instant, nous sommes seuls avec Maria, l'interrompt Mick, qui n'a pas prévu de passer ses vacances à parler de l'oncle Henri. J'espère qu'elle nous donnera des repas froids quand on ira en excursion.

— Je suis sûre que oui ! Elle fait très bien la cuisine, affirme Claude. Allons voir s'il y a quelque chose à manger maintenant, j'ai faim !

— Moi aussi, avoue Annie.

Ils se précipitent vers la cuisine.

— Inutile de m'expliquer ce que vous venez faire ici ! dit la cuisinière en souriant. Mais je vous avertis que le placard à provisions est fermé à clef !

— Oh ! Maria ! Pourquoi as-tu fait ça ? s'exclame Mick en essayant d'ouvrir la porte qui, hélas ! est bien verrouillée...

— Parce que c'est la meilleure chose à faire lorsque vous êtes tous là, sans compter que le chien est toujours affamé, lui aussi ! poursuit Maria qui pétrit une pâte à tarte avec vigueur. Aux dernières vacances, j'avais laissé un pâté en croûte, un demi-poulet, une tarte aux fraises et des fruits pour le repas du lendemain. Quand je suis revenue de mon après-midi de congé, il ne restait absolument plus rien !

— On pensait que tu avais préparé tout ça pour notre dîner, explique François.

— Eh bien ! Vous n'aurez plus besoin de vous poser la moindre question ! conclut Maria avec fermeté. La porte restera close ; je vous servirai moi-même. Vous ne prendrez rien tout seuls.

Les quatre enfants sortent de la cuisine, un peu déçus ; Dagobert marche sur leurs talons.

— On va piquer une tête ? s'écrie soudain Mick. Si tu veux te baigner six fois par jour, François, il vaudrait mieux que tu t'y mettes tout de suite !

— Je vais chercher le matelas pneumatique ! ajoute Annie. On va bien s'amuser ; j'espère qu'on retrouvera, comme chaque année, le marchand de glaces sur la plage. Et, de toute façon, maman avait mis quatre paquets de biscuits dans nos valises ! On va les emporter !

Quelques instants plus tard, ils sont tous sur la grève en maillot de bain. Ils découvrent un endroit agréable et commencent à creuser de larges trous dans le sable pour s'y asseoir ; le chien les imite.

— Je ne vois pas pourquoi tu fais un trou, Dago. Tu finis toujours par te coucher dans le mien ! commente Claude.

Mais Dagobert travaille si bien avec ses pattes, qu'il envoie du sable dans la figure d'Annie. Elle s'essuie la bouche.

— Ça suffit, Dag ! Tu m'embêtes...

L'animal s'approche pour lui prodiguer des caresses, puis s'en retourne à son trou. Quand celui-ci est bien profond, il s'y étend confortablement. Dagobert a l'air tellement heureux, qu'on dirait qu'il est en train de sourire !

— Regardez ! s'exclame Annie. Quand il fait cette tête, je jurerais qu'il a quelque chose d'humain ! Il est vraiment très différent des autres chiens... Je suis très contente d'être avec toi, Dago !

— Ouah ! répond ce dernier poliment. Il veut dire qu'il se réjouit lui aussi de retrouver ses jeunes maîtres.

Claude ouvre une boîte de biscuits, et les enfants en dévorent la moitié. À cet instant, leur attention est attirée par des gens qui marchent le long de la plage. Mick les regarde entre ses paupières mi-closes. Un homme et un jeune garçon s'approchent. Le gamin, aux cheveux courts et bouclés, porte un short et un polo. L'homme a une drôle d'allure. Il boite. Une large moustache brune dissimule sa bouche. Il observe, de ses petits yeux perçants, l'étendue de sable, tout autour de lui. Il paraît chercher quelque chose que la marée aurait emporté. L'adolescent serre une vieille boîte et un morceau de bois sous son bras.

— Je me demande bien ce qu'ils font, confie Mick à ses compagnons.

Les deux inconnus arpentent la plage et, bientôt, viennent s'asseoir non loin de Claude et de ses cousins. Dagobert grogne.

— Pourquoi viennent-ils juste s'installer là, alors que la grève est déserte ? chuchote Annie.

— Et pourquoi pas ? Cette plage appartient à tout le monde, répond François. Allons nous baigner, au lieu de nous mêler de ce qui ne nous regarde pas.

Les cousins se précipitent dans l'eau et nagent vigoureusement dans les vagues. Lorsqu'ils reviennent, ils aperçoivent le jeune garçon, tout seul, tranquillement installé dans le trou de Claude !

— Eh ! s'écrie celle-ci, qui a hérité de son père un caractère emporté. Ce trou est à moi !

— Qui va à la chasse perd sa place ! riposte l'usurpateur d'une voix chantante.

Claude s'approche et pousse vigoureusement le gamin, mais celui-ci se défend. Mick arrive en courant.

— Sors de là ! hurle-t-il à l'inconnu.

Mais ce dernier répond d'un bon coup de poing. Mick hors de lui, lui envoie un direct au menton.

— Lâche-le ! hurle Annie qui s'est approchée du trou. Ce n'est pas un garçon, c'est une fille !

— Et alors ? réplique l'adolescent. Je peux me battre quand même, non ?

Mick desserre les poings. Il a l'air si étonné que François éclate de rire. La jeune inconnue le regarde. Soudain, elle éclate en sanglots. Précipitamment, elle s'extirpe du trou creusé par Claude dans le sable, et s'en va en courant.

— Incroyable ! commente Mick. J'aurais juré que j'avais affaire à un garçon ! En tout cas, je ne crois pas qu'on reverra cette fille de sitôt !

Mais il se trompe...

CHAPITRE 3

Un visage à la fenêtre

Les Cinq se couchent dans le sable. Mick a mal à la mâchoire.

— Cette fille m'a donné un sérieux coup de poing ! constate-t-il avec un brin d'admiration. Un vrai démon !

— Tu aurais dû me laisser l'affronter, intervient Claude, hargneuse. C'est moi qu'elle dérangeait.

— Je sais que tu es aussi courageuse qu'un garçon, que tu t'habilles comme un garçon et que tu grimpes aux arbres aussi bien que moi, mais tu ne sais pas te battre ! répond son cousin.

Cette sorte de sermon ne plaît guère à Claude.

— Tu dis n'importe quoi ! Je saurais très bien...

— Arrêtez de vous disputer, s'interpose Annie, en projetant une poignée de sable sur les deux opposants. De toute façon, ce n'est pas très joli de se battre.

— N'empêche que je suis joliment contente qu'on ait boxé cette fille ! poursuit Claude, les yeux étincelants de colère. Si je la revois, je lui dirai ce que je pense d'elle : c'est une petite vipère !

— Tu ne lui diras rien du tout, rétorque Mick. Je t'en empêcherai, elle a été assez punie comme ça !

— Vous avez fini de vous chamailler, oui ? intervient François. Claude, s'il te plaît, ne sois pas de mauvaise humeur. On n'a que quinze jours de vacances, ce serait dommage que tu gâches tout par ton mauvais caractère. Tiens, voilà le marchand de glaces ! Si on s'achetait un esquimau chacun ?

— Ouah ! approuve Dago.

— Bon, d'accord, tu en auras aussi, bien que je ne sache pas si c'est très raisonnable ! Tu vas l'avaler en une seule bouchée !

En effet, Dago dévore sa glace très vite et va quémander auprès de sa maîtresse : mais celle-ci le repousse.

— Non, mon chien ! C'est très mauvais pour toi ! Et va-t'en plus loin, tu me donnes chaud !

Dagobert, penaud, obéit et se réfugie auprès d'Annie ; elle lui donne un petit morceau de sa crème glacée. Puis elle le repousse à son tour.

— Va voir François, maintenant !

Elle soupire de bonheur, en pensant : « Quelle matinée agréable ! »

Comme ils n'ont pas de montre, les Cinq rentrent beaucoup trop tôt pour le déjeuner et Maria les houspille :

— Vous arrivez à midi moins dix, comme si vous mouriez de faim ! Je n'ai même pas fini mon ménage ! Vous savez bien qu'on mange toujours à une heure !

— Oh ! j'avais l'impression qu'il était plus tard, murmure Annie, déçue d'avoir encore si longtemps à attendre.

Enfin arrive l'heure de se mettre à table. Dans la salle à manger, la cuisinière a disposé une salade de tomates et de concombres, des biftecks accompagnés de pommes de terre au four, un camembert et des flans.

— Mmm... C'est exactement ce dont j'avais envie, déclare Mick en s'asseyant. Il n'y a pas de tarte ?

— Dans le réfrigérateur, probablement. Elle

doit être réservée pour le goûter ou le dîner, répond Annie.

— Dagobert ! crie Maria. Viens chercher ta pâtée !

Le chien s'en va en trottinant vers la cuisine. Il connaît très bien le mot « pâtée ».

Les enfants mangent en silence. Ils se souviennent de leurs aventures passées à la *Villa des Mouettes*... Dago revient au bout d'un moment, se pourléchant les babines.

— Il n'y a plus rien à manger, ici ! prévient Mick en montrant les plats vides au chien. Ne me dis pas que tu as déjà englouti toute ta pâtée !

L'animal se couche sous la table, la truffe posée sur ses pattes de devant. Il est satisfait de son succulent déjeuner et se délecte de ce repos auprès de ses chers maîtres. Après le déjeuner, ils vont tous s'étendre sur la plage, jusqu'à avoir à nouveau envie de se rafraîchir dans la mer. Tous apprécient cette journée de vacances chaude et heureuse. Claude espère secrètement revoir la jeune fille rencontrée le matin, pour échanger avec elle, à défaut de coups, quelques paroles bien senties !

Ce soir-là, quand les cousins s'installent autour de la table de la salle à manger, ils ressentent une grande fatigue... François paraît tellement épuisé au moment du dessert, que Maria le dispense de débarrasser.

Les enfants montent dans leur chambre, à l'exception de Mick, qui aide la cuisinière à fermer les portes et fenêtres du rez-de-chaussée pour la nuit. Le jeune garçon essaie de clore la petite lucarne du bureau de l'oncle Henri.

— Elle ne ferme pas bien, explique Maria. Mais ne te fais pas de souci, elle est trop petite pour que quelqu'un puisse passer par là.

— D'accord, acquiesce Mick.

Et il monte se coucher. Il bâille si fort que François ne peut s'empêcher de l'imiter. Dans la chambre voisine, les filles éclatent de rire en les entendant.

— Vous allez dormir comme des loirs tous les deux, crie Claude. Qui va nous protéger s'il y a des voleurs ? Heureusement qu'on a Dago ! Lui, il saura monter la garde. N'est-ce pas, Dag ?

— Grrr ! répond le chien en bondissant sur le lit de sa maîtresse.

Il dort toujours roulé en boule contre les genoux de cette dernière. Tante Cécile a bien essayé d'empêcher sa fille de garder l'animal sur son lit pendant la nuit, mais Claude réplique toujours : « Dagobert ne voudrait jamais dormir ailleurs. »

Cinq minutes plus tard, tout le monde dort,

y compris Dago que sa maîtresse a gentiment caressé. Dehors, la nuit est très noire, d'épais nuages cachent les étoiles. On entend les gémissements du vent dans les arbres et la rumeur lointaine de la mer. Aucun autre bruit, pas même le ululement de la chouette.

Pourquoi alors Dago s'éveille-t-il ? Pourquoi ouvre-t-il un œil, puis l'autre ? Pourquoi pointe-t-il ses oreilles ? Il ne lève pas la tête ; couché, il demeure attentif... Enfin, il se glisse au bas du lit. Aussi silencieusement qu'un chat, il traverse la chambre ; la porte étant restée entrouverte, il sort, puis descend les escaliers, et arrive dans l'entrée ; ses griffes font un petit bruit sur le carrelage, mais personne ne peut l'entendre ; la maison est endormie.

Dagobert demeure longtemps à guetter ; il sait qu'il a entendu quelque chose, un rat peut-être... Il renifle.

Soudain, il se raidit. Quelqu'un, il en est sûr, grimpe le long du mur de la maison. Un rat oserait-il faire cela ? Là-haut, dans son lit, Annie s'éveille tout à coup. Elle meurt de soif et décide d'aller chercher un verre d'eau. Elle allume sa lampe de poche, pour ne pas déranger sa cousine qui dort dans le lit voisin.

Le faisceau de lumière balaie la chambre, puis se fixe sur le sol : Annie aperçoit ses chaus-

sons et les enfile. En se levant, elle braque le rayon lumineux sur la fenêtre. Soudain, la fillette pousse un hurlement strident. Claude s'éveille immédiatement. En un instant, Dagobert gravit les escaliers et bondit dans la chambre.

— Ah ! crie Annie en pointant du doigt la fenêtre. J'ai vu un visage, un horrible visage qui me regardait !

Sa cousine se précipite dans la direction désignée en brandissant sa lampe ; il n'y a rien. Dagobert renifle par le battant ouvert et grogne.

— J'entends quelqu'un courir dans l'allée, s'exclame François qui accourt avec Mick. Viens vite, Dago.

Ils descendent tous, même Annie ; ils ouvrent la porte, le chien s'élance dans l'obscurité en aboyant férocement. Un visage à la fenêtre ? Il trouvera bien l'audacieux malfaiteur qui a osé grimper le long du mur.

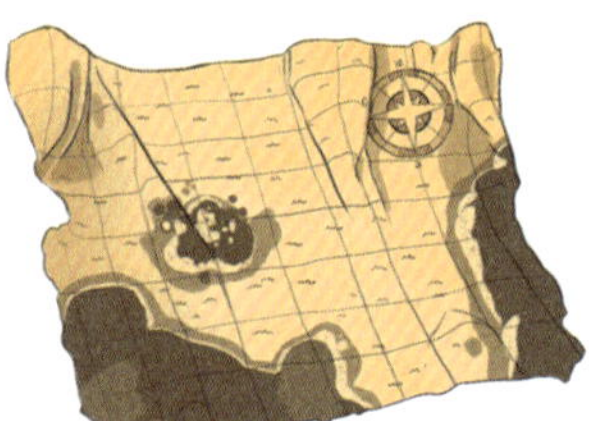

CHAPITRE 4

Le jour suivant

Les quatre enfants demeurent sur le seuil. Ils écoutent les aboiements excités de Dago. Annie tremble ; François passe son bras autour de ses épaules, en signe de protection.

— À quoi ressemblait ce visage ? lui demande-t-il.

— Je l'ai à peine aperçu, répond sa sœur en frissonnant. Il est apparu un instant dans l'éclat de ma lampe. J'ai eu très peur.

— Tu es sûre que tu ne saurais pas le décrire ? insiste François.

— J'ai eu une telle frousse que j'ai lâché ma lampe, et elle s'est éteinte ! c'est à ce moment que Claude s'est réveillée.

— Où était donc Dagobert ? interroge Mick, surpris de ne pas avoir été réveillé par les aboiements du chien qui avait sûrement entendu l'inconnu grimper jusqu'à la fenêtre.

— Je ne sais pas, répond Annie. Il est entré dans la chambre dès que j'ai crié.

— Ne nous inquiétons pas trop, conclut François. Apparemment, l'inconnu a pris la fuite. Le chien a dû lui faire peur. Il n'osera pas revenir de sitôt.

À cet instant, Dagobert rejoint les enfants.

— Tu n'as vu personne, Dago ? demande Claude avec anxiété.

L'animal soupire tristement, la queue basse. Claude veut le réconforter en le prenant dans ses bras, mais elle s'aperçoit qu'il est tout mouillé.

— Où as-tu bien pu te rendre pour être trempé comme ça ? s'étonne-t-elle.

— Il a dû aller jusqu'à la mer, avance Mick. J'imagine que l'inconnu courait vers la plage ; comme Dagobert le poursuivait, il a sauté dans l'eau.

— Et Dago a certainement essayé de le rattraper à la nage. Pauvre vieux Dago ! Tu l'as perdu, n'est-ce pas ?

Le chien remue un petit peu la queue, il semble vraiment découragé. François referme la porte et la verrouille.

— Je pense qu'on peut se rendormir tranquilles. Le « visage » ne réapparaîtra pas à la fenêtre avant longtemps. Dag a dû le terrifier.

Ils vont tous se recoucher. Mais François est incapable de s'endormir tout de suite. Bien qu'il ait dit aux autres de ne pas s'inquiéter, il demeure anxieux. L'idée qu'un homme ait pu grimper le long du lierre jusqu'au premier étage le tourmente ; mais que faire ? Manifestement, Maria n'a pas été réveillée par tout le raffut ; elle est inconsciente du danger. François ne veut pas l'inquiéter.

« Il ne faut rien lui dire, pense-t-il. Elle téléphonerait immédiatement à oncle Henri. »

Le lendemain matin, Maria prépare du thé et du chocolat chaud dans la cuisine ; elle n'a rien entendu de ce qui s'est passé pendant la nuit. Avant le petit déjeuner, François et Mick ont examiné le lierre du mur et y ont découvert des traces prouvant qu'une personne s'est bien hissée jusqu'à la fenêtre.

— Quelqu'un est venu, constate l'aîné. Regarde : des branches cassées, des feuilles par terre. Cet inconnu grimpe comme un chat !

En revanche, aucune empreinte de pas dans le jardin. Les garçons ne s'attendaient d'ailleurs pas à en trouver, car le sol est très sec et très dur.

La journée s'annonce fort belle et il fait déjà chaud.

— Allons à la plage nous baigner, suggère Claude. Maria nous préparera certainement un bon pique-nique.

Aussitôt les quatre enfants se dirigent vers la cuisine, pour aider Maria à arranger le panier du repas.

— Je vais y ajouter une bouteille de limonade, déclare la cuisinière avec un large sourire. Eh bien, mes enfants, vous avez un copieux déjeuner ! Ce n'est pas la peine que je prévois un dîner pour ce soir !

Claude et François échangent des regards consternés. Pas de dîner ? Mais ils surprennent le regard amusé de la cuisinière. Celle-ci plaisantait.

— On va faire nos lits et ranger nos chambres avant de partir, dit Mick.

— Vous avez besoin de quelque chose au village, Maria ? demande gentiment Annie.

— Non, pas aujourd'hui. Dépêchez-vous d'aller vous baigner. Je serai ravie d'être tranquille toute la journée !

La benjamine du groupe semble avoir oublié les frayeurs de la nuit passée. Elle bavarde et rit avec les autres sur le chemin de la plage ; d'ailleurs, même si elle avait eu des idées noires, un nouvel événement l'en aurait détournée : l'étrange jeune fille de la veille est de nouveau sur la plage. Seule, cette fois-ci.

Claude la voit la première et fronce les sourcils. François surprend la grimace de sa cousine...

— On va rester près des rochers aujourd'hui, dit-il aux autres. Il fait si chaud qu'on sera contents d'avoir de l'ombre. Installons-nous là.

— D'accord, répond sa cousine, un peu irritée du ton autoritaire du jeune garçon. Mais ne t'inquiète pas, je sais me contrôler : je ne me disputerai pas avec cette fille.

Ils s'installent derrière de grosses pierres : la mystérieuse jeune fille ne peut pas les voir.

— Si on lisait un peu avant d'aller nager ? suggère Mick. J'ai apporté un livre d'aventures et il faut absolument que je découvre qui est le bandit... C'est une histoire passionnante !

Il s'allonge confortablement. Annie va chercher des anémones de mer, tandis que sa cousine se couche à plat ventre et joue avec Dago. François commence à explorer les rochers. Tout est paisible. Soudain quelque chose tombe tout près de Claude et la fait sursauter. Dago se redresse.

— Qu'est-ce que c'est ? Qu'est-ce que tu m'as envoyé, Mick ?

— Moi ? s'exclame le jeune garçon. Rien du tout ! Je lis un roman !

Il se replonge dans sa lecture. À nouveau Claude tressaille.

— Qui est-ce qui me jette des cailloux ?

Elle regarde tout autour d'elle.

— Oh ! s'écrie-t-elle, c'est un noyau de cerise !

— Oh ! glapit à son tour François.

Le jeune garçon vient de recevoir à son tour un projectile juste derrière l'oreille. Il entend quelqu'un rire. Claude se lève et contourne les rochers. Sa rivale de la veille s'est cachée derrière. Ses poches sont pleines de cerises, quelques-unes ont roulé dans les pierres, à ses pieds.

— Tu as fini de nous bombarder de noyaux ?

— Je ne vous bombardais pas, répond la fille.

— Ne mens pas ! Je *sais* que c'est toi !

— Je les crachais simplement. Regarde.

Elle met un fruit dans sa bouche et, quelques instants après, elle crache le noyau qui vient frapper Claude juste sur le nez ! Celle-ci a l'air tellement surprise que Mick et François, qui arrivent à temps pour suivre la scène, ne peuvent s'empêcher de rire.

— Je parie que je peux lancer les noyaux bien plus loin que vous tous ! déclare la jeune fille. Tenez, prenez des cerises et essayez.

— D'accord, répond Mick. Si tu gagnes, je t'achèterai une glace. Sinon, ce sera à toi de nous en offrir.

— Ça marche ! approuve son interlocutrice, dont les yeux brillent. Mais je gagnerai sûrement !

CHAPITRE 5

Jo

Mick avale une cerise, puis retrousse ses lèvres, et envoie voler le noyau plusieurs mètres plus loin. Les autres sont très surpris de voir quelqu'un d'aussi habile.

— Tu es dégoûtant, Mick ! s'écrie Claude.

— Ah oui ? Ce n'était pas toi qui avais l'habitude de cracher des noyaux de prunes et de vouloir me battre à ce jeu l'année dernière ? réplique son cousin avec un sourire en coin.

Annie sort lentement de l'eau ; elle se demande pourquoi tout le monde a grimpé sur les rochers. Des projectiles commencent à pleuvoir autour d'elle. Elle s'arrête sur place, étonnée. Un noyau frappe son bras nu. C'est alors que la fillette aperçoit la jeune inconnue ; celle-ci sautille sur place, l'air victorieux, et rit, laissant voir des dents éblouissantes.

— J'ai gagné ! Vous me devez une glace ! chante-t-elle.

Mick l'observe avec une certaine admiration.

— Je te la paierai, ta glace, ne t'inquiète pas, promet-il. Personne ne m'avait encore battu à ce jeu, même pas Julien, un garçon de l'école qui a une bouche énorme !

— Beurk, dit Annie en rejoignant le petit groupe. C'est un jeu ignoble. Enfin, achète-lui une glace, puisque tu t'y es engagé. Après, on sera enfin tranquilles.

— Je vais la manger ici ! décide la jeune fille.

Elle prend un air aussi obstiné que Claude lorsqu'elle veut obtenir quelque chose.

— Voilà le marchand de glaces, s'écrie François.

Il appelle l'homme, qui approche son chariot. Mick achète six cornets.

— Voilà pour toi, déclare-t-il, offrant un chocolat glacé à la fille.

Ils s'assoient tous dans le sable et sucent leur glace. Dagobert s'avance vers sa petite maîtresse pour lui en mendier un peu ; aussitôt, l'inconnue l'appelle à elle.

— Tiens, chien, goûte un peu de mon chocolat !

Au grand énervement de Claude, Dagobert lèche la crème glacée que lui tend sa rivale. Mick ne peut pas s'empêcher de s'amuser en regardant cette dernière, ses gestes brusques, ses cheveux sombres, ses yeux brillants. Soudain il se rend compte que la jeune fille a un gros bleu sous le menton. Il éprouve un malaise.

— C'est moi qui t'ai fait ce bleu hier ? demande-t-il.

— Quel bleu ? Ah ! celui-là ! répond la petite brunette en le touchant. Oui, c'est toi quand tu m'as frappée, mais ça n'a pas d'importance, j'en ai de bien plus gros. Mon père me donne des coups quand il est fâché !

— Je suis désolé de t'avoir battue, ajoute Mick. Je croyais vraiment que tu étais un garçon. Comment tu t'appelles ?

— Jo, répond la jeune fille.

— Ça pourrait aussi bien être un nom de garçon ! commente François.

— C'est amusant, ajoute Annie, je trouve que Jo te ressemble vraiment, Claude ! Elle a les mêmes cheveux courts et bouclés, le même nez futé !

— La même façon de lever son menton, le même regard, le même rire... poursuit Mick.

Claude fixe son cousin d'un air furieux. Elle n'aime pas du tout cette « Jo », et n'apprécie pas tellement d'être comparée à cette dernière. Elle tourne le dos, en serrant les poings. Annie la regarde comme pour la supplier de ne pas se battre.

— J'aime ce chien, murmure Jo.

Elle s'assied près de lui, et le caresse doucement.

— Ne touche pas à mon chien ! ordonne Claude. Lui, il ne t'aime pas !

— Si, il m'aime, rétorque la jeune fille d'un ton serein. Tous les chats et tous les chiens m'aiment. Je peux apprivoiser le tien très facilement.

— Essaie un peu pour voir ! Il ne s'approchera pas de toi, il ne t'obéira pas ; n'est-ce pas, Dago ?

Jo ne fait pas un geste, mais elle commence à émettre un petit bruit de gorge qui ressemble à la plainte d'un chien perdu. L'animal dresse les oreilles. Il observe l'adolescente avec curiosité. Celle-ci lui tend la main. Dago ne s'approche pas, mais lorsqu'il entend de nouveau le bruit, il prend un air encore plus attentif. Puis il fait un pas dans la direction de Jo, s'assied, et, penchant la tête, se met soudain à lécher les doigts et le visage de la jeune fille.

— Viens ici, Dago ! s'écrie Claude, stupéfaite et jalouse.

Dago s'élance d'un bond vers elle.

Mick, François et Annie sont tout aussi étonnés. Ils n'ont jamais vu Dagobert se lier d'amitié avec une personne que sa maîtresse n'aime pas.

— Où est ta maman ? demande enfin l'aîné.

— Elle est morte, répond Jo. Mon père et moi, nous vivons dans une caravane. Papa était acrobate dans un cirque ; mais, un jour, il s'est blessé au pied, et on a dû quitter la troupe.

Les quatre enfants se souviennent que, la veille, ils ont vu l'homme moustachu boiter. Ils considèrent en silence la jeune fille au regard malicieux. Quelle triste vie elle doit mener !

« Je ne crois pas un mot de ce qu'elle raconte. Pas un mot ! C'est une comédienne et j'ai honte que mon chien lui ait manifesté de la sympathie », se répète Claude.

— Où est ton père, aujourd'hui ? demande François.

— Il est allé rendre visite à quelqu'un, répond Jo. Tant mieux, car il était de mauvaise humeur ce matin. Je me suis cachée derrière la voiture.

Il y a un silence...

— Je peux rester avec vous jusqu'à ce que papa rentre ? reprend soudain la voix musicale de l'adolescente. Je ne veux pas être seule toute la journée.

Claude fronce les sourcils. Elle a l'impression qu'elle ne pourra pas supporter cette intruse cinq minutes de plus. Jo regarde Mick avec des yeux implorants. Elle touche le bleu de son menton comme si cela lui faisait mal à nouveau. Le jeune garçon a des remords ; il observe les autres.

— Elle pourrait peut-être rester et partager notre pique-nique ? suggère-t-il.

Mais ses compagnons n'ont pas le temps de répondre, car la jeune fille se lève d'un coup et s'écrie :

— Oh non ! Voilà mon père, je m'en vais !

L'homme à la large moustache apparaît au loin ; il boite et marche péniblement. Lorsqu'il voit sa fille, il l'appelle. Jo se retourne vers les Cinq et leur fait une grimace insolente.

— Je vous déteste, lance-t-elle.

Et, montrant du doigt Mick, elle ajoute :

— Il n'y a que lui qui soit gentil !

Elle court dans le sable. Sa foulée est tellement rapide, qu'on dirait que ses pieds ne touchent pas terre.

— Cette fille est incroyable ! conclut François.

CHAPITRE 6

Que se passe-t-il pendant la nuit ?

Ce soir-là, à la tombée de la nuit, Annie commence à se sentir oppressée.

— Personne ne viendra pendant que je dormirai, n'est-ce pas, François ? ne cesse-t-elle de demander à son grand frère.

— Non, sœurette. Mais, si tu veux, j'irai dans ta chambre à la place de Claude.

Annie réfléchit et secoue la tête.

— Non, rétorque-t-elle. Je préfère avoir Claude et le chien. Tu comprends, Claude et moi – et même toi ! – on peut être effrayés, mais pas Dago.

— Tu as raison, approuve François. Mais je suis sûr que rien n'arrivera cette nuit. D'ailleurs, pour plus de sûreté, on va fermer les fenêtres de nos chambres ; tant pis si on a trop chaud ! Au moins, on dormira tranquilles !

Ce soir-là, les deux garçons prennent soin de verrouiller toutes les ouvertures de l'étage.

— Maintenant, on n'a plus rien à craindre, déclare Mick. Qu'est-ce qu'il y a, Dag ? Tu veux aller faire un tour dehors avant de te coucher ? Claude, tu veux que je le sorte ?

— Oui, vas-y à ma place, répond sa cousine. Annie veut que je reste avec elle. Tu n'as qu'à ouvrir la porte et le laisser dehors, il rentrera tout seul.

— D'accord ! lance le jeune garçon en descendant les escaliers accompagné du chien.

Il ouvre la porte de la villa, et Dagobert s'éloigne en remuant la queue. Il renifle de tous côtés, car il aime l'odeur des haies fraîchement taillées. Il met le nez à l'entrée d'un terrier, puis guette le moindre bruit avec l'espoir de surprendre un rat ou un lapin.

Une bonne demi-heure plus tard, Claude crie du haut de l'escalier :

— Dagobert n'est toujours pas rentré ? Appelle-le, Mick, je veux qu'il vienne se coucher ! Annie dort déjà !

— Il reviendra dans un petit moment, répond son cousin qui s'est installé dans un fauteuil du salon pour finir son livre. Ne t'impatiente pas !

Mais lorsqu'il achève la dernière page, Dagobert n'est toujours pas revenu. Le jeune garçon sort dans le jardin et siffle. Il s'attend à voir accourir le chien. Mais il n'y a aucun bruit. Il siffle de nouveau. Le temps lui paraît long. Enfin il entend l'animal revenir.

— Te voilà, Dag ! s'exclame Mick. Où étais-tu ? Tu chassais les lapins ?

Dago, la tête basse, remue faiblement la queue.

— On dirait que tu as fait une bêtise ! Allez, va vite te coucher et n'oublie pas d'aboyer si tu entends du bruit.

— Ouah ! approuve le chien d'une voix éteinte.

Il grimpe l'escalier, bondit sur le lit de Claude et respire profondément.

— Quel soupir ! murmure Claude. Qu'est-ce que tu as mangé ? Tu as dû déterrer un vieil os, j'en suis sûre. Pouah ! J'ai bien envie de te chasser de mon lit.

Dagobert s'installe pour dormir, la tête posée sur les pieds de sa jeune maîtresse, comme d'habitude. Il ronfle légèrement, ce qui la réveille au bout d'une demi-heure.

— Chut ! Tais-toi, Dagobert ! ordonne-t-elle, en le poussant un peu.

Annie s'éveille, inquiète.

— Qu'est-ce qu'il y a ? souffle-t-elle, le cœur battant.

— Rien. C'est seulement Dagobert qui ronfle. Il n'y a pas moyen de l'en empêcher, répond Claude, irritée. Réveille-toi, Dago !

Dago bouge un petit peu, puis se rendort. Il ne ronfle plus. Les deux cousines s'assoupissent. François s'éveille au milieu de la nuit. Il a cru entendre quelque chose tomber ; quelques instants plus tard, il sombre de nouveau dans le sommeil.

Mick ouvre les yeux vers sept heures du matin. Maria descend l'escalier, pousse les volets du salon, s'affaire dans la cuisine. Le jeune garçon se rendort. Mais, dix minutes plus tard, des cris l'arrachent à ses rêves. Il se précipite hors de sa chambre. Son frère le suit.

— Au secours ! Regardez ! Regardez ! Le bureau de M. Dorsel est sens dessus dessous, les tiroirs vidés, les dossiers par terre ! Un voleur est venu ici cette nuit !

La cuisinière a l'air affolé...

« Mais comment est-il entré ? » s'interroge François.

Il sort de la maison, inspecte toutes les portes

et toutes les fenêtres. Rien n'a été touché. Annie descend ; elle paraît bouleversée.

— Qu'est-ce qui se passe ?

Elle n'obtient aucune réponse. Ses frères et Maria sont trop préoccupés. Tous trois se demandent comment ce voleur a pu entrer pendant la nuit alors que toutes les issues de la maison étaient verrouillées... François se souvient d'avoir entendu un bruit au milieu de son sommeil. Pourquoi le chien n'a-t-il donc pas aboyé ? Tout cela est bien mystérieux.

Dans sa chambre, Claude essaie en vain de réveiller Dagobert.

— François ! Mick ! Annie ! Dag ne va pas bien, il ne veut pas se réveiller ! crie-t-elle au bout d'un quart d'heure.

Ses cousins montent les escaliers quatre à quatre pour la rejoindre. Le chien respire très fort.

— Écoutez ! On dirait qu'il a du mal à reprendre son souffle, s'inquiète la jeune maîtresse. Qu'est-ce qui se passe en bas ? J'ai entendu Maria hurler.

— Quelqu'un est venu cette nuit et a fouillé dans le bureau d'oncle Henri, explique François. Je me demande comment il a pu entrer.

— Dans le bureau de papa ? C'est horrible !

s'exclame Claude, qui a subitement pâli. Mais comment se fait-il que Dago n'ait rien entendu ? Je suis sûre qu'il n'est pas dans son état normal, sinon, il se serait réveillé et aurait aboyé. Il doit être malade.

— Ou bien il a été drogué... avance Mick, en soulevant les paupières du chien. Sinon, pourquoi serait-il resté si longtemps dehors hier soir ? Quelqu'un a dû lui donner un somnifère ; ça expliquerait qu'il n'ait pas entendu le voleur cette nuit.

— Drogué ? Oh ! Est-ce qu'il guérira ? demande sa cousine, anxieuse. Comment a-t-il pu accepter un somnifère de la part d'un étranger en pleine nuit ?

— Peut-être qu'il n'a eu qu'à le ramasser par terre, murmure François. Et la substance était certainement cachée dans quelque chose d'appétissant, comme un morceau de viande.

— Je comprends mieux pourquoi il avait l'air si abattu quand il est revenu après son petit tour, hier soir, conclut Mick. Il ne m'a même pas regardé en rentrant !

— Oh ! Dagobert, mon petit chien, s'il te plaît, réveille-toi ! supplie la pauvre Claude, les yeux pleins de larmes.

L'animal grogne un peu.

— Laisse-le, conseille François. Il ira sans

doute mieux tout à l'heure. Il est seulement endormi. Je pense qu'en attendant, tu devrais aller jeter un coup d'œil au bureau de ton père.

Claude est horrifiée en voyant la pièce.

— Les deux carnets de notes sur l'Amérique ont disparu ! s'exclame-t-elle. Je suis sûre qu'il les gardait dans ce tiroir ! Papa a dit que tous les pays du monde souhaiteraient posséder ces documents. Qu'est-ce qu'on va faire ? Ce bandit les a volés !

— Il faut appeler la police, déclare gravement Maria, qui s'affaire déjà à ranger le bureau. Tout à l'heure, j'ai déjà essayé de téléphoner à vos parents en Espagne, mais la réceptionniste de leur hôtel a expliqué qu'ils étaient partis en excursion et qu'ils ne rentreraient pas avant demain soir ou après-demain.

Elle traverse le hall d'un pas décidé, décroche le combiné et contacte la gendarmerie du village. Les quatre enfants demeurent silencieusement dans le bureau. Quel désordre ! Ils ne pourraient jamais remettre tous ces dossiers en place et classer tous ces documents... Personne ne saurait vraiment ce qui a disparu jusqu'au retour de l'oncle Henri.

« J'espère que Claude se trompe et que ces carnets si importants n'ont pas été volés : oncle

Henri les avait peut-être emportés avec lui », réfléchit Mick.

« Le voleur a probablement trouvé ce qu'il cherchait », pense François, plus pessimiste.

Les gendarmes arrivent sans tarder.

— Voilà la police ! crie Maria en ouvrant la porte d'entrée de la *Villa des Mouettes*.

CHAPITRE 7

Visite des gendarmes

Les deux gendarmes sont lents et minutieux. Les enfants se lassent vite de les regarder opérer. Mais Maria, au contraire, court dans tous les sens : elle offre du café, raconte plusieurs fois de suite la découverte du méfait, insiste sur l'importance des documents de l'oncle Henri.

Les deux hommes interrogent les enfants, en leur posant à chacun exactement les mêmes questions. Puis ils inspectent méticuleusement la pièce, centimètre par centimètre.

— Je crois qu'ils cherchent des empreintes digitales, souffle Annie.

Ensuite, le brigadier et son adjoint font lentement le tour de la maison, en essayant d'ouvrir chaque porte. Ils s'arrêtent devant la fenêtre du bureau.

— Cette ouverture n'était pas sécurisée : les battants ne ferment pas, observe le premier. Quelqu'un aurait pu passer par là.

— Il aurait fallu que ce voleur soit fin comme une liane, fait remarquer l'autre.

Il se retourne vers Annie, la plus menue des quatre enfants.

— Pourriez-vous vous glisser par là, mademoiselle ?

— Je ne crois pas, répond la fillette. Mais je vais essayer si vous voulez.

Elle se hisse, avec l'aide des gendarmes, jusqu'à la petite lucarne, mais doit renoncer à s'y faufiler.

— C'est trop étroit, conclut l'adjoint.

Les deux hommes rentrent dans la maison, et s'installent dans le salon. Ils passent en revue les dépositions des enfants et de Maria.

— D'après toutes les informations dont nous disposons, les papiers de M. Dorsel ont été volés, déclare le brigadier, fermant son carnet. C'est dommage que les savants laissent traîner de tels documents.

Claude semble inquiète...

— Vous pourrez contacter mon père demain, quand il sera rentré à son hôtel, murmure-t-elle.

— Bien, conclut le brigadier. Mais nous reviendrons après le déjeuner pour photographier la pièce. Ne touchez plus à rien d'ici là.

— Ils doivent revenir... soupire Annie quand les deux hommes, marchant solennellement dans l'allée, s'éloignent et grimpent dans leur voiture. Est-ce qu'ils vont encore nous interroger ?

— Je ne vois pas pourquoi ils auraient encore besoin de nous. Si on allait à la plage, pour se changer les idées ? On pourrait prendre ton bateau, Claude, suggère François.

Sa cousine est restée très calme durant toute la matinée. Son chien semble maintenant remis, bien qu'il paraisse encore un peu somnolent.

— Pauvre Dago ! ne cesse de répéter sa jeune maîtresse, émue. Il ne pouvait pas savoir ce qui allait lui arriver. Mais d'habitude il est plus intelligent ! Si seulement il avait pu se réveiller un peu... En entendant des bruits au bas de l'escalier, il aurait aboyé et nous aurait réveillés. Je m'en veux de ne pas l'avoir sorti moi-même la nuit dernière comme je le fais d'habitude.

— Tu ne dois pas t'en vouloir, la raisonne François. On ne pouvait pas prévoir que quelqu'un projetait de dérober les documents de ton père dans la nuit.

— Mais je connais bien mon chien, l'interrompt Claude. Il n'aurait jamais accepté un morceau de viande d'une main étrangère ; je lui ai toujours appris à refuser.

— Pourtant les faits sont là, intervient Mick. Il a dormi justement la nuit où il aurait dû se réveiller, et je suis très inquiet à l'idée que les voleurs ont pu s'emparer des deux carnets de ton père sur l'Amérique.

Maria vient leur dire que le déjeuner est prêt.

— Les gendarmes reviendront cet après-midi avec le photographe. Je leur concocterai quelque chose à grignoter, ajoute-t-elle. Un fondant au chocolat, par exemple.

— Mais non ! Si tu fais un gâteau, cuisine-le pour nous ! grogne Claude. Tu ne veux pas nous préparer un bon goûter qu'on emporterait ? On va se promener en bateau. On en a assez des visites des gendarmes.

La cuisinière accepte. Dagobert semble un peu plus réveillé et suit les enfants dans la salle à manger.

— Il va mieux ! s'exclame sa jeune maîtresse, toute contente. Dagobert, je ne te laisserai plus maintenant. Si quelqu'un veut t'endormir, il aura affaire à moi !

Les Cinq passent un après-midi merveilleux à bord du petit canot de Claude. Ils s'arrêtent à mi-chemin de l'île de Kernach et plongent du bateau ; ils nagent tout autour et remontent à bord, épuisés mais contents. De temps en temps, Dagobert se jette, lui aussi, dans les vagues.

— Regardez comme il est drôle ! Il ne nage pas vraiment : il essaie de courir dans l'eau. Je voudrais pouvoir monter sur son dos, mais il se sauve dès que j'essaie de grimper sur lui !

La petite troupe rentre vers six heures. Les gendarmes ont mangé tout le gâteau au chocolat que Maria a préparé pour eux. Le bureau est rangé, chaque chose semble avoir retrouvé sa place.

— Tout objet de valeur devra nous être confié jusqu'au retour de M. Dorsel, décrète le brigadier.

— Mais on ne sait pas quels papiers ont de la valeur et ceux qui n'en ont pas, explique François. Il faut attendre de parler à l'oncle Henri.

— Très bien, répond le gendarme. Prévenez-nous dès que vous aurez eu de ses nouvelles.

Tous ces événements ont beaucoup fatigué les enfants. À neuf heures, Mick déclare :

— Je vais me coucher.

— Moi aussi, ajoute Annie. Tu viens, Claude ?

— Non, je vais d'abord promener Dagobert. Plus jamais je ne le laisserai sortir seul. Allez vous mettre au lit, je fermerai la porte de la villa en rentrant.

— D'accord, mais n'oublie pas de la verrouiller à double tour. De toute façon, je pense qu'on ne verra plus de bandits cette nuit : apparemment, ils ont pris hier ce qu'ils cherchaient.

Annie et Mick montent dans leurs chambres. François et Maria vérifient les portes et les fenêtres de la maison. Claude sort avec son chien ; il court jusqu'à la grille, mais soudain s'immobilise et grogne.

— Tais-toi, Dago. C'est une caravane. Arrête donc d'aboyer.

Ils vont faire leur promenade habituelle. Dagobert met son nez dans tous les trous creusés par les lapins ; il s'amuse beaucoup. Sa maîtresse aime aussi se promener le soir ; elle ne se presse pas puisque ses compagnons ne l'attendent pas.

François va se coucher. Lorsqu'il est dans son lit, il sent le sommeil le gagner. Mais il fait un effort pour rester un moment éveillé, guettant le retour de sa cousine. Enfin, il entend la porte de la villa se refermer.

« Elle est rentrée », pense-t-il et, se tournant vers le mur, il s'endort.

Mais ce n'est pas Claude, qui vient de pénétrer dans la maison. Son lit demeure vide toute la nuit. Jusqu'au lendemain matin, personne ne s'aperçoit – pas même Annie – que la jeune fille et son chien ne sont pas revenus.

CHAPITRE 8

Où est Claude ?

Annie s'éveille au milieu de la nuit. Elle a soif. Dans l'obscurité, elle chuchote :

— Claude, tu dors ?

Pas de réponse. La fillette se lève sans bruit, marche sur la pointe des pieds jusqu'à la salle de bains et se sert un verre d'eau sans allumer la lumière.

« Claude n'aime pas être réveillée au milieu de la nuit », pense-t-elle.

Pas un instant Annie n'imagine que sa cousine n'est pas dans son lit. Elle se rendort et s'éveille seulement en entendant la voix claironnante de Mick :

— Debout, les filles ! Il est huit heures un quart ! Direction : la plage !

Annie s'étire, bâille, puis regarde le lit de Claude. Il est vide, et même pas défait !

« Tiens, se dit-elle étonnée. Non seulement Claude est déjà debout, mais elle a fait son lit ! Elle aurait pu me réveiller, je serais sortie avec elle. Quelle belle matinée ! Elle a probablement emmené Dago. »

La benjamine du Club des Cinq met son maillot de bain et court rejoindre ses frères. Ils sont au bas de l'escalier, pieds nus.

— Claude est déjà sortie, annonce-t-elle. Elle a dû se réveiller tôt et s'éclipser avec son chien, je ne l'ai même pas entendue.

— Elle a dû aller à la pêche en bateau, ajoute Mick. Hier, elle disait qu'elle voulait aller « taquiner le poisson ». Elle va probablement revenir avec un filet plein. Maria pourra faire cuire les soles et les sardines.

Lorsqu'ils arrivent à la plage, ils regardent la mer. Il y a un bateau au loin. On distingue deux silhouettes à bord.

— Claude et Dago ! s'écrie François.

Il appelle le plus fort qu'il peut, mais le bateau est trop loin, personne ne lui répond ; les trois enfants plongent la tête la première dans les vagues froides.

— Délicieux ! estime Annie en sortant de

l'eau, ruisselante dans le soleil du matin. Courons pour nous réchauffer.

Ils font une course le long de la plage et s'aperçoivent soudain qu'ils ont très faim. Ils rentrent pour le petit déjeuner.

— Claude n'est pas avec vous ? demande Maria, en apportant le chocolat chaud et les tartines beurrées. J'ai vu que son lit était fait...

— On pense qu'elle est partie à la pêche avec son chien, répond Annie.

— Ah... Je ne l'ai pourtant jamais entendue dire qu'elle aimait pêcher, s'étonne la cuisinière. Enfin, je vous ai laissé un poulet froid dans le réfrigérateur pour votre déjeuner, et une tarte aux abricots pour le goûter, car je vous rappelle qu'aujourd'hui c'est mon jour de congé. Comme me l'a recommandé Mme Dorsel, je vous laisse un billet sur la table pour que vous puissiez aller acheter des friandises. Ne faites pas de bêtises pendant mon absence !

Les trois enfants souhaitent une bonne journée à Maria, et dévorent à belles dents le pain grillé sur lequel ils étalent d'épaisses couches de confiture de groseilles. Puis les garçons sont chargés de se rendre au village pour faire quelques courses.

Quand ils reviennent du marché, les deux frères aperçoivent le petit bateau de pêche qui se balance toujours au loin sur les vagues.

— Claude mourra de faim quand elle rentrera, dit François.

Ils rencontrent Jo, qui marche pieds nus sur le sable et ramasse des bouts de bois.

— Salut ! lance Mick.

La jeune fille lève la tête et s'achemine vers les garçons sans sourire. Elle semble avoir pleuré. Son visage porte encore la trace des larmes.

— Bonjour, répond-elle.

— Qu'est-ce qui t'arrive ? demande Mick gentiment.

Tant de douceur fait à nouveau pleurer l'adolescente. Elle s'essuie le visage du revers de la main.

— Rien, marmonne-t-elle. Où est Annie ?

— Elle est à la maison, et Claude est partie en bateau avec Dagobert pour pêcher, répond François.

— Ah ! bon ! murmure Jo.

Et elle s'éloigne. Les garçons courent après elle.

— Pourquoi t'en vas-tu comme ça ? Raconte-nous ce qui se passe...

Mick la force à se retourner vers lui. Il la regarde de plus près et remarque qu'elle a maintenant deux bleus sur la figure.

— Qui t'a frappée ? demande-t-il brusquement.

— Mon père, répond la fille. Il est parti en caravane ; il m'a laissée toute seule. Je voulais m'en aller, moi aussi. Je m'étais cachée à l'intérieur de la voiture, il m'a poussée dehors. Je suis tombée. J'ai aussi un autre bleu sur la jambe.

Les garçons écoutent, horrifiés. Jo a vraiment une vie épouvantable. Ils s'asseyent et l'invitent à s'installer entre eux.

— Mais ton père va sûrement revenir, dit François. La caravane est votre seule maison.

— Oui, répond Jo. On n'en a jamais eu d'autre. Lorsque maman vivait, j'étais plus heureuse. C'est la première fois que papa part sans moi.

— Comment vas-tu faire pour vivre maintenant ?

— Papa m'a dit que Jack me donnerait de l'argent pour acheter de quoi manger, explique Jo, à condition que je lui obéisse. Je déteste Jack, il est méchant !

— Qui est Jack ? demandent ensemble les deux frères, de plus en plus étonnés.

— C'est un ami de mon père. Si je l'attends ici, il viendra me donner un peu d'argent.

— Et pourquoi est-ce que tu dois lui obéir ? Que va-t-il te commander ? questionne Mick. Tout ça est horrible !

— Oh ! Jack m'ordonnera d'aller voler

quelque chose qu'il revendra par la suite... C'est comme ça qu'il gagne sa vie. J'espère qu'il me donnera de l'argent aujourd'hui parce que je n'en ai plus du tout et que j'ai très faim.

François et son frère se regardent. Pauvre Jo ! Mick plonge la main dans le panier à provisions, en ressort un paquet de biscuits.

— Prends toujours ça, dit-il, et viens de temps en temps nous voir à la *Villa des Mouettes*. Maria cuisine très bien. Elle te donnera à manger.

— Mais elle ne me connaît pas. Elle croira peut-être que je veux voler quelque chose.

Jo cligne de l'œil en regardant Mick, et ajoute :

— Ça m'arrive quelquefois...

— Tu ne devrais pas faire ça ! gronde le jeune garçon.

— Ah, oui ? Et vous feriez quoi, vous, si vous mouriez de faim ?

— Je crois qu'on ne volerait pas... Enfin, j'espère... intervient François, qui ne s'était jamais posé la question. Mais où est Jack ?

— Je ne sais pas... Quelque part par là... Il me trouve toujours lorsqu'il a besoin de moi. Papa m'a dit que je n'avais qu'à rester sur la plage. Alors je ne pourrai pas aller chez vous aujourd'hui.

Les deux garçons se lèvent pour partir. Ils sont

inquiets pour la jeune fille, mais que faire ? Rien, sinon lui donner un peu d'argent et à manger. Mick sort une pièce de sa poche ; Jo la prend sans un mot.

Claude n'est toujours pas à la maison à l'heure du déjeuner. Pour la première fois, François se sent anxieux. Il court à la plage pour voir si le bateau vogue toujours en mer. Justement l'embarcation approche de la grève et, le cœur serré, le garçon s'aperçoit que deux jeunes hommes sont à son bord.

Il court à la *Villa des Mouettes*, et explique à ses compagnons que leur cousine a disparu.

— Je propose qu'on attende jusqu'à l'heure du goûter, poursuit-il. Si elle n'est pas revenue, il faudra agir.

À quatre heures et demie, Claude n'est toujours pas là, ni Dagobert. Les enfants décident d'appeler la police, lorsqu'ils entendent quelqu'un marcher dans le jardin. Ils se précipitent tous à la fenêtre.

— C'est Jo ! s'exclame Annie, déçue. Qu'est-ce qu'elle veut ?

CHAPITRE 9

L'extraordinaire message

François ouvre la porte. Sans un mot, Jo lui tend une grande enveloppe. L'aîné des Cinq a l'air surpris. La jeune fille veut s'enfuir, mais le garçon la retient fermement, tandis qu'il lit le message.

— Mick ! appelle-t-il. Occupe-toi d'elle, ne la laisse par partir. Enferme-la à l'intérieur, s'il le faut ! Tout ça est très grave !

Mais l'adolescente n'a aucune envie d'être retenue prisonnière ; elle crie et se débat comme un beau diable. Dans sa fureur, elle donne des coups de pied à son jeune gardien.

— Laisse-moi partir, je n'ai rien fait de mal ! J'ai juste apporté ce message ! hurle-t-elle.

— Tais-toi ! Ne sois pas bête ! Je ne vais pas te taper, tu le sais bien. Mais il faut que tu restes dans la maison !

Jo continue à crier ; elle semble terrifiée. Enfin Mick et son frère parviennent à l'enfermer dans la salle à manger. Annie survient ; l'effroi se lit sur son visage.

— Venez voir, dit François lorsque la porte est fermée, c'est incroyable !

Il tend le message aux autres, qui le lisent à voix basse :

« *Nous voulons le second carnet de notes du savant, celui qui contient des schémas et des dessins. Trouvez-le, mettez-le sous la première dalle du chemin pavé, à l'entrée du jardin, ce soir même.*

Nous avons kidnappé la fille et son chien, nous les libérerons lorsque nous aurons obtenu ce document. Si vous appelez la police, ni l'enfant ni le chien ne reviendront. La maison sera surveillée afin que personne n'en sorte pour alerter les gendarmes. La ligne téléphonique est coupée.

Quand il fera nuit, allumez les lumières de la pièce du devant, asseyez-vous non loin de la fenêtre, tous les trois là, ainsi que la cuisinière Maria, afin que nous puissions vous voir et vous surveiller. À onze heures, l'aîné des garçons sortira de la maison ; il portera une lampe et viendra placer le carnet de notes là où nous vous le demandons ; il devra retourner aussitôt après dans la pièce éclairée. Quand vous entendrez un cri pareil à celui de la chouette, cela signifiera que nous avons pris le document. La fille et le chien seront alors immédiatement relâchés. »

Annie est devenue blême.

— Claude a été kidnappée ! souffle-t-elle. Pourquoi n'a-t-on pas commencé à la chercher tout de suite ?

François a pâli lui aussi, il s'efforce de réfléchir.

— Je comprends mieux ce qui a pu se passer. Hier soir, quelqu'un devait guetter Claude et Dagobert dans l'obscurité ; cette personne est venue ensuite fermer la porte de la maison pour faire croire que notre cousine était rentrée.

— Qui t'a donné ce message ? demande Annie à Jo, qui observe la scène en tremblant.

— Un homme, répond-elle.

À son tour, François l'interroge.

— Quelle sorte d'homme ?

— Je ne sais pas.

— Si, tu sais ! s'énerve Mick. Il faut nous le dire, Jo !

Il prend la jeune fille par les épaules et la secoue.

— Parle ! Dis-nous comment était cet homme ! exige-t-il.

— Il était grand, il avait une longue barbe, un long nez, des yeux noirs, déclare l'adolescente très vite. Il portait des vêtements de pêcheur.

— Ne te moque pas de nous ! gronde François.

— Je dis la vérité, reprend Jo. Je ne l'avais jamais vu avant. De toute façon, c'est bien fait pour cette fille. Ça lui apprendra. Je ne vous dirai rien de plus.

— S'il te plaît, implore Annie. Dis-nous tout ce que tu sais, on est tellement inquiets pour la pauvre Claude !

Tandis qu'elle parle, les larmes coulent de ses yeux.

— Laissez-moi partir maintenant, poursuit la jeune fille. Cet homme m'a donné dix euros pour que je vous apporte ce message, c'est tout ce que je sais.

— Fais ce qu'elle dit, décide Mick. Je la croyais gentille, au fond. Mais apparemment, je me suis trompé.

La prisonnière court vers la porte et s'enfuit dans le jardin. Il y a un long silence après son départ.

— Qu'est-ce qu'on va faire ? demande Annie.

Ses frères ne disent rien. François traverse l'entrée, il décroche le téléphone, colle son oreille contre l'écouteur, attend. Au bout d'un moment, il raccroche.

— Il n'y a pas de tonalité, dit-il, ils ont bel et bien coupé la ligne. C'est sûr, quelqu'un nous espionne. Tout ça est absurde ! Je n'arrive pas y croire !

— Et pourtant, c'est vrai, soupire Mick. Vous savez quel est ce « second carnet de notes » qu'exigent ces maîtres chanteurs ?

— Aucune idée ! répond Annie.

— Je ne sais pas non plus, ajoute son frère aîné. De toute façon, il est impossible de fouiller parmi les documents de l'oncle Henri, car les gendarmes ont verrouillé tous les tiroirs et ont emporté les clefs.

— Alors, qu'est-ce qu'on va faire ? interroge Mick. Tu veux que je sorte et que j'aille à la gendarmerie ?

— Non, s'oppose François après quelques minutes de réflexion. C'est trop risqué : tu pourrais être pris et kidnappé en chemin. N'oublie pas qu'on est surveillés ! Et puis la vie de Claude est en jeu.

— Mais, on ne peut pas rester ici sans agir !

— François a raison, intervient Annie. On doit être prudents. Si seulement on savait où notre cousine a été enfermée, on pourrait la sauver. Mais comment découvrir ça ?

— J'ai une idée ! s'écrie Mick. L'un d'entre nous va se cacher dans les buissons du jardin près de la grille d'entrée ; il attendra que le voleur s'empare du carnet de notes qu'on aura laissé à l'endroit indiqué. Puis, il suivra le voleur, pour voir où il se rend : il découvrira sans doute l'endroit où se trouve Claude.

— Mais, tu oublies que la lettre du maître chanteur précise qu'on doit tous être assis dans la pièce éclairée, rappelle François. Les malfaiteurs qui nous espionnent s'apercevront vite que quelqu'un manque ; même Maria doit être là ! Ton plan est irréaliste !

— Il faudrait trouver une personne supplémentaire à installer dans la pièce de devant : elle remplacera celui d'entre nous qui sera parti se cacher dans les buissons. Depuis leur poste d'observation, les kidnappeurs n'y verront que du feu : ils constateront qu'il y a bien, comme ils l'ont exigé, cinq personnes assises près des fenêtres dans le salon.

— Mais qui pourrait bien se joindre à nous ? demande Annie.

Elle parle tout bas : elle a l'impression qu'il y a des gens aux aguets autour de la maison.

— Je sais ! s'exclame François, en frappant si violemment sur la table que les autres sursautent. Le petit marchand de journaux doit venir ce soir livrer *L'Écho de Kernach*. On pourrait lui demander de rester un peu à la maison, le temps de berner les bandits !

— Bonne idée ! approuve son frère, les yeux brillants. Je connais Jeannot. On laissera la porte ouverte, on le fera entrer immédiatement, je ressortirai avec sa casquette sur la tête et sa sacoche en bandoulière. Puis je sauterai sur sa bicyclette et je m'enfuirai. Aucun des espions ne pourra se douter de la substitution ! Je reviendrai lorsque la nuit sera tombée et je me cacherai dans les parages du jardin pour surveiller. Je verrai bien qui s'empare du document caché et je le suivrai.

— Est-ce que le marchand de journaux ne va pas être étonné de tout ça ? interroge Annie.

— Non, il est un peu simplet. On n'aura qu'à être très gentils avec lui ; il passera une si bonne soirée qu'il ne pensera plus qu'à revenir.

— Et que faire à propos du carnet de notes ? s'inquiète la fillette.

— On va prendre n'importe quel cahier dans le bureau de l'oncle Henri, décide François. On écrira un petit mot à l'intérieur pour dire qu'on espère que c'est le bon. On ne peut pas faire mieux, de toute façon.

— Je m'en occupe, déclare sa sœur.

— Et moi, ajoute Mick, je guette le marchand de journaux. Il ne vient jamais avant sept heures et demie, mais je ne veux pas le manquer, si, par hasard, il venait plus tôt.

Annie court vers le bureau de son oncle. Elle est contente d'avoir quelque chose à faire. Ses mains tremblent tandis qu'elle fouille sur les étagères. François reste avec son frère sur le seuil de la porte. Ils attendent patiemment. L'horloge sonne six heures, puis six heures et demie, puis sept heures.

— Le voilà ! s'écrie Mick soudain. Salut, Jeannot !

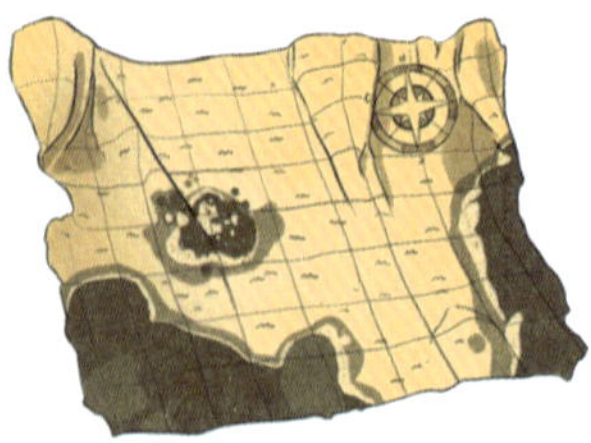

CHAPITRE 10

La merveilleuse soirée de Jeannot

Jeannot, le marchand de journaux, est très étonné de se sentir happé par François. Et il est encore plus surpris de constater qu'on lui arrache sa casquette et sa besace.

— Hé là ! s'écrie-t-il, qu'est-ce que vous faites ?

— Ne t'inquiète pas, Jeannot, tente de le rassurer l'aîné des Gauthier en le tenant fermement. C'est... c'est un jeu !

Le petit marchand déteste les plaisanteries. Il se débat un peu, puis abandonne. Son adversaire est plus grand que lui, et semble très résolu. Jeannot se retourne et s'aperçoit que Mick a mis sa casquette et emporte sa sacoche. Il pousse un cri quand il voit le jeune garçon enfourcher sa bicyclette et s'en aller.

— Vous avez de drôles de jeux ! s'exclame-t-il.

— Ne t'en fais pas, répond François en le poussant dans un fauteuil. Quelqu'un a parié que Mick ne serait pas capable de distribuer les journaux.

— C'est ça ? demande Jeannot.

— Eh oui ! Mon frère a voulu gagner le pari.

— Ah, bon... J'espère qu'il fera bien mon travail ; de toute façon, il n'en a plus que deux à distribuer dans les fermes voisines. Il va revenir bientôt ?

— Oui, oui... marmonne François. Tu veux rester manger avec nous ?

Le marchand n'en croit pas ses oreilles. On lui arrache ses affaires sans prévenir, et ensuite on l'invite à dîner ! Puis il réfléchit. Au village, il a souvent entendu parler des talents de cuisinière de Maria. Il a bien envie de goûter à l'une de ses légendaires recettes...

— Dîner avec vous ? dit-il enfin. Ça me ferait plaisir, oui...

— Super ! Je suis content que tu aies accepté tout de suite. Tiens, j'entends justement Maria qui rentre de sa journée de congé. Assieds-toi là, je vais lui demander de nous préparer un bon repas.

Jeannot, stupéfait, obéit, tandis que François accueille la cuisinière et s'empresse de lui raconter les événements de l'après-midi. Puis il lui explique le plan qu'il a élaboré avec Mick et Annie. La pauvre femme s'assied, car ses jambes commencent à trembler.

— C'est exactement le genre de choses qu'on lit dans les journaux ! soupire-t-elle d'une voix brisée. Ah ! je n'aime pas ça ! Et ce pauvre Jeannot, vous avez dû lui faire tellement peur. Bon, je vais lui préparer un bon repas, ne vous inquiétez pas. Et puis je viendrai avec vous ce soir dans le salon ; on jouera aux cartes, et on laissera notre invité gagner.

— Bonne idée, répond François.

Le petit marchand de journaux se montre ravi de cette soirée. Le dîner lui paraît délicieux et il mange à lui tout seul la moitié d'un énorme gâteau au chocolat. Il ne cesse de parler, gesticule, rit volontiers et remercie tout le temps. Annie lui répond en souriant. Elle le trouve gentil et il l'amuse par sa naïveté. Mais, tout au fond d'elle-même, elle demeure inquiète.

Après le dîner, il va à la cuisine et propose à Maria de l'aider à nettoyer la vaisselle.

— J'aide toujours maman, confie-t-il, et je ne casse jamais rien.

Maria le laisse faire, Annie et son frère prennent des torchons et essuient. Jeannot a l'air ennuyé lorsqu'on lui propose de jouer aux cartes.

— Je ne sais jouer qu'à la bataille, avoue-t-il.

— Eh bien, jouons à la bataille ! répond François avec entrain.

— Parfait ! La bataille, ça me connaît !

Jeannot gagne. Il est enchanté.

— Je n'ai jamais passé une soirée aussi géniale ! s'exclame-t-il. Vous êtes des amis ! de vrais amis ! J'espère que votre frère a bien distribué les journaux.

Ils sont maintenant tous assis dans le salon brillamment éclairé. Si un inconnu surveille la maison, il peut les voir facilement, mais personne ne peut deviner que l'un des enfants est le marchand de journaux et non pas Mick.

À onze heures, François sort avec le paquet qu'Annie a préparé : un cahier de notes bien plié dans du papier d'emballage. La fillette y a glissé quelques mots : *Voici le carnet demandé, je vous prie de relâcher notre cousine immédiatement, vous vous attireriez de graves ennuis en la retenant encore.*

Le jeune garçon traverse le jardin, sa lampe électrique à la main. Il s'approche de la grille, soulève facilement la dalle, glisse l'enveloppe dans un trou qui semble avoir été creusé à l'avance et regarde tout autour de lui prudemment, en se demandant si Mick est caché quelque part. Mais il ne voit personne. Il revient dans le salon où les autres jouent toujours aux cartes. Il se remet à jouer, très mal, d'une part parce qu'il veut laisser gagner Jeannot, d'autre part parce qu'il est inquiet pour son frère. Soudain, il sursaute : il vient d'entendre le cri de la chouette. François sourit à Maria et à Annie ; ce signal leur annonce que le paquet a été trouvé et emporté. La cuisinière disparaît et revient avec des tasses de chocolat chaud. Les yeux du marchand de journaux brillent. Décidément, tout est parfait.

On reste quelques instants encore à boire le doux breuvage et à écouter Jeannot.

— Tu dois commencer à être fatigué, dit François en regardant la pendule. Il est très tard.

— Où est ma bicyclette ? demande le petit vendeur, s'apercevant avec tristesse que cette merveilleuse soirée est en train de s'achever. Votre frère n'est pas encore revenu ? Eh bien, vous lui direz de déposer mon vélo chez moi demain matin, et ma casquette. J'aime beaucoup cette casquette-là et je ne veux pas la perdre.

— Mick te rapportera toutes tes affaires, sois tranquille. Et maintenant écoute, Jeannot. Si tu rencontres sur la route des gens qui veulent te parler, ne leur réponds pas, marche le plus vite possible et ne t'arrête pas en chemin.

— Bon, je vais courir ! approuve le jeune garçon, un peu interloqué.

Il leur serre la main à tous, de façon assez solennelle, et part en sifflotant pour se donner du courage. Au coin d'une rue, un gendarme l'appelle ; le gamin sursaute.

— Eh bien, jeune Jeannot, s'exclame l'homme en uniforme. Que fais-tu dehors à cette heure ?

Le marchand de journaux ne répond pas et s'enfuit à toutes jambes. Lorsqu'il arrive chez lui, il voit devant la porte sa bicyclette, sa casquette et sa sacoche.

« C'est parfait », songe-t-il.

Pendant ce temps-là, qu'est-il arrivé à Mick ? Il est parti de la maison sur la bicyclette de Jeannot, la casquette sur la tête. Il a cru voir bouger les petites branches d'un buisson près du jardin et a deviné que quelqu'un se cachait là. Délibérément, il s'est arrêté comme pour vérifier l'état de ses pneus. L'espion a ainsi pu voir sa sacoche de journaux et le confondre avec le petit vendeur.

Mick s'est rendu à la ferme voisine, a distribué les deux quotidiens du soir ; puis il est allé au bourg afin de déposer les affaires de Jeannot devant sa porte. Ensuite, il est entré dans un cinéma jusqu'à ce que la nuit tombe. L'obscurité venue, de retour à la *Villa des Mouettes*, il a hésité avant de se cacher. Si, en se glissant dans un buisson, il se heurtait à un espion ayant déjà choisi cette cachette, il serait perdu !

CHAPITRE 11

L'embuscade de Mick

Mick demeure immobile ; il retient sa respiration pour mieux écouter. Il n'entend rien hormis le frémissement des feuilles dans le léger vent nocturne. La nuit est profonde, des nuages obscurcissent la lune. Quelqu'un guette certainement, tapi dans les buissons...

Le jeune garçon réfléchit pendant quelques minutes, puis conclut que personne ne doit surveiller l'arrière de la maison, baignée dans la pénombre. François et les autres sont assis dans le salon éclairé. Enfin, Mick décide de grimper dans un arbre.

« Pourquoi pas justement dans celui qui se trouve près de la grille ? Si le vent chasse un peu les nuages, je pourrai peut-être voir l'homme qui s'emparera du paquet ; je descendrai alors doucement de mon arbre et je le suivrai. »

Aussitôt dit, aussitôt fait. Il s'installe le plus confortablement possible sur une branche et attend.

« Quelle heure indiquait le message ? se demande-t-il... Onze heures. »

Mick entend la cloche du village sonner dix heures et demie. Encore une demi-heure à attendre ! Il glisse la main dans sa poche, en ressort un morceau de chocolat qu'il suce lentement pour faire durer le plaisir. Onze heures moins le quart... L'espion en herbe finit son chocolat, et se demande si François déposera l'enveloppe à temps. Juste au moment où le premier coup de onze heures sonne, la porte de la cuisine s'ouvre et Mick voit son frère apparaître, portant le paquet sous le bras.

François marche vers la grille, puis, après avoir soulevé la dalle, retourne vers la cuisine et claque la porte derrière lui.

Mick se sent nerveux... Qui viendra prendre le paquet ? Une feuille emportée par le vent tombe dans son col et le fait sursauter.

Cinq minutes s'écoulent ; personne ne vient. Enfin, le jeune garçon entend un bruit léger ; quelqu'un rampe dans les buissons... Il s'efforce de voir ; il distingue seulement une ombre qui se penche. Une respiration se fait entendre : la silhouette semble avoir du mal à soulever la pierre. Puis la dalle retombe. L'inconnu rampe de nouveau vers les buissons, emportant le paquet. Mick descend doucement de son arbre ; il porte des chaussures de sport dont les semelles ne font aucun bruit. Il écarquille les yeux pour mieux voir l'homme qu'il doit suivre, mais ne discerne guère que les contours du corps de l'inconnu ; il lui emboîte le pas.

L'ombre s'éloigne du jardin, et tout à coup retentit le ululement de la chouette. Mick sursaute, puis se rappelle qu'il s'agit du signal évoqué dans le message. Le cri de l'oiseau de nuit est parfaitement imité. Comme il reprend sa marche, Mick le suit. Soudain, le garçon entend des voix masculines ; mais il ne peut malheureusement pas comprendre un mot. Un bruit sourd le fait sursauter, une vive lumière s'allume. Le jeune garçon recule jusqu'à la grille du jardin et se cache. Une voiture s'approche doucement. Mick fait de son mieux pour voir les occupants ; le véhicule ne contient qu'un seul individu, le conducteur ! Où est donc la personne avec qui ce dernier parlait quelques secondes plus tôt ? Le jeune garçon est certain d'avoir entendu deux voix. Qu'est donc devenu le deuxième homme ? La voiture a maintenant dépassé la grille et s'éloigne sur la route qui longe le jardin. Le bruit du moteur décroît. Mick retient sa respiration, terrifié à l'idée que l'un des individus est resté dans les parages.

Soudain, il se fige : il a entendu une faible toux. Une ombre se dirige vers la maison des *Mouettes* et se perd bientôt dans l'obscurité du jardin. Mick s'élance à sa poursuite, traverse la pelouse. Pourquoi le bandit revient-il ? Il s'approche maintenant d'une fenêtre obscure.

« Il va encore entrer dans la maison pour fouiller dans les papiers de l'oncle Henri, je suppose ! » pense Mick, rageusement.

Il regarde attentivement la silhouette qui se découpe près de la fenêtre. C'est un très petit gabarit. Mick pourrait peut-être terrasser cet homme et appeler François de toutes ses forces ?

« À notre tour de faire un prisonnier ! pense Mick. S'ils retiennent Claude comme otage, on gardera l'un d'entre eux, nous aussi ; œil pour œil, dent pour dent ! »

Il attend encore un peu, puis se décide. Il bondit. La victime roule au sol avec un gémissement. Mick est surpris de sa petite taille, mais aussi de sa défense farouche. Le bandit griffe, mord, donne des coups de pied !

— François ! François ! Au secours ! François !

Son frère sort immédiatement.

— Où es-tu, que se passe-t-il ?

Il pose sa lampe sur la pelouse, afin d'avoir les deux mains libres. Il vient de découvrir, en éclairant ce coin de la pelouse, Mick qui se bat contre quelqu'un.

Il ne leur faut pas longtemps à tous deux pour venir à bout de leur adversaire qu'ils traînent, gémissant, jusqu'à la maison ; soudain, ils reconnaissent la voix. C'est celle de Jo !

La jeune fille est portée dans la maison, sanglotant, le corps couvert de coups et d'égratignures, traitant les garçons des noms les plus affreux. Annie et Maria arrivent toutes surprises ; que s'est-il encore passé ?

— Je n'aurais jamais cru qu'elle soit si forte, souffle le plus jeune des deux frères. Une vraie tigresse.

— Je ne savais pas que c'était toi, Mick, je ne savais pas ! sanglote Jo. Tu as bondi sur moi et je me suis défendue.

— Tu es une bête féroce, une menteuse ! répond le garçon, furieux. Tu as osé nous dire que tu ne savais rien de l'homme qui t'a donné ce message et tu étais sa complice ! Tu as aidé ces gangsters !

— Ce n'est pas vrai ! gémit l'adolescente.

— Arrête de mentir ! J'étais dans un arbre ;

j'ai vu quelqu'un prendre le paquet sous la dalle et le remettre à l'homme qui attendait dans une voiture. Je comprends maintenant : c'était toi ! Tu es revenue ici pour voler autre chose, je suppose ?

Jo pleure toujours.

— Non, non ! Je ne suis pas revenue pour voler ! J'avais une autre raison.

— Comment te croire ? Tu es venue pour faire du mal !

— Non... répond-elle misérablement. Je suis revenue vous dire que je vous conduirai vers Claude, si vous ne le répétez pas ; mon père me tuerait s'il l'apprenait. Je sais qui a pris le paquet. Je ne pouvais pas faire autrement que de l'aider. J'obéis à Jack. Je suis revenue pour vous dire la vérité, et vous me battez !

Quatre paires d'yeux observent la jeune fille. Elle cache son visage dans ses mains.

— Regarde-moi, insiste Mick. C'est très important et très grave pour nous. Tu sais vraiment où se trouve notre cousine ?

Jo acquiesce.

— Est-ce que tu nous amèneras jusqu'à elle ? demande François d'une voix très froide.

— Oui. Vous avez été très méchants, mais je vous montrerai que moi, je suis gentille. Vous retrouverez Claude.

CHAPITRE 12

Jo commence à parler

La pendule de l'entrée émet un son profond : dong !

— Une heure, annonce Maria, une heure du matin ! Nous ne pouvons rien faire de plus ce soir.

— Oui, tu as raison, ajoute François, il nous faut attendre demain pour agir. Sans téléphone, on ne peut pas prévenir la police de l'enlèvement de Claude.

Jo le regarde.

— Si vous appelez les gendarmes, je ne vous dis pas où est votre cousine ! Dès qu'ils sauront que je suis impliquée dans cette affaire, ils me mettront dans un centre pour jeunes délinquants dont je ne pourrai jamais sortir. Ils n'essaieront pas de comprendre que je ne suis pas une méchante fille : je dois juste me débrouiller toute seule, parce que je n'ai jamais eu de chance !

Les enfants sont émus par la détresse de la jeune fille.

— Tout le monde a sa chance dans la vie, tôt ou tard, déclare enfin François gentiment. Tu auras la tienne. C'est bon, on n'avertira pas la police si tu nous promets de nous conduire jusqu'à Claude.

L'adolescente promet. Maria la fait monter.

— Il y a un lit dans ma chambre, indique-t-elle. Elle pourra y passer la nuit.

Une demi-heure plus tard, Jo est couchée. Sur la table de chevet, la cuisinière dépose un plateau avec du lait chaud et du pain, puis appelle :

— Les garçons ! Jo veut vous dire quelque chose !

Mick et son frère enfilent leur robe de chambre et entrent dans la pièce. La jeune fille leur sourit.

— Tu voulais nous parler ? demande François.

— Oui, répond-elle d'une voix soudainement grave. Il faut que vous sachiez que c'est moi qui ai fait entrer les voleurs ici la première nuit.

Tout en parlant, elle trempe son pain dans le lait chaud.

— Je me suis faufilée par cette petite fenêtre qui ne ferme jamais, puis je suis allée ouvrir la porte, j'ai regardé ce que faisaient les voleurs dans le bureau ; ils ont pris beaucoup de papiers.

— C'est impossible ! Tu n'as pas pu passer par cette lucarne ! s'écrie Mick.

— Puisque je te le dis, reprend Jo. Je me suis déjà glissée dans des ouvertures beaucoup plus étroites que ça.

François soupire.

— Bien, continue ! Je suppose que, lorsque les bandits sont partis, tu as fermé la porte de la cuisine et que tu es ressortie par la fenêtre du bureau.

— Oui, admet l'adolescente, le nez dans son bol de lait.

— Et Dagobert ? Qui l'a drogué pour qu'il dorme toute la nuit ?

— C'est moi. C'était facile, aussi !

Les deux garçons se regardent avec effroi !

— On était devenus amis, Dago et moi, sur la plage. Vous ne vous rappelez pas ? Claude était furieuse. J'aime les chiens, on en possédait plusieurs avant la mort de maman. Papa m'avait ordonné d'apprivoiser Dagobert, pour que ça me soit ensuite facile de lui donner un morceau de viande dans la nuit, sans qu'il aboie.

— En effet, c'était facile, reconnaît Mick

avec amertume. Dagobert est sorti seul et il est tombé entre tes griffes.

— Il était content de me voir, je l'ai fait gambader un peu derrière moi en lui faisant sentir la viande et, quand je la lui ai donnée, il l'a mangée avec plaisir.

— Et il a dormi toute la nuit pour que tes bons amis puissent dévaliser la maison de notre oncle ! riposte François. Tu n'as pas honte ?

— Est-ce que tu as joué un rôle dans l'enlèvement de Claude ? intervient Mick, qui ne veut pas que la discussion dégénère en dispute.

— Je devais juste imiter le cri de la chouette lorsque Claude et Dagobert apparaîtraient. Les hommes attendaient, ils se préparaient à jeter un sac de toile sur la tête de votre cousine ; ils devaient faire la même chose au chien après l'avoir assommé ! C'est ce qu'ils m'avaient expliqué ; je n'ai rien vu, car j'ai dû revenir en rampant et fermer la porte pour que personne ne s'aperçoive, jusqu'au lendemain, de l'absence de Claude.

— Eh bien, c'était réussi, grogne Mick. On a cru qu'elle s'était levée tôt. On s'est montrés bien naïfs ! La seule chose qui nous restait à faire après avoir compris que notre cousine était en danger, c'était de suivre la personne qui s'emparerait du paquet.

— C'était moi, répond Jo. De toute façon, je revenais pour vous dire l'endroit où est retenue Claude. Non pas que j'apprécie cette fille ; au contraire, je la trouve très méchante ! Mais Mick, toi, tu as été gentil avec moi, alors je voulais te faire plaisir. Je voulais que tu m'aimes...

Le jeune garçon la regarde.

— Je t'aimerai si tu nous amènes jusqu'à Claude, pas avant !

— Je vous y conduirai demain.

— En attendant, tu peux quand même nous dire où elle est détenue ! intervient François durement.

« Demain elle changera peut-être d'humeur... pense l'aîné des enfants. Mieux vaut la faire parler ce soir... »

Jo hésite, regarde Mick.

— Ce serait vraiment sympa de nous donner cette information... murmure ce dernier d'une voix très douce.

— Bien, souffle Jo, ne sachant pas résister à la tendresse. Je vous ai dit que mon père était parti en me laissant à un de ses amis... Mais avant, il a enfermé Claude et Dagobert dans notre caravane et s'en est allé avec eux. Jack m'a tout raconté. Je sais où ils sont, je connais leur cachette.

— Où ? demande François, étonné par d'aussi étranges révélations.

— Au milieu de la forêt de Courcy. Je vous y conduirai, je ne peux pas vous en dire plus maintenant.

Entre ses longs cils, elle observe les garçons d'un regard triste. Mick pense qu'elle a dit la vérité. Il a pitié d'elle, mais il admire son courage.

— Je suis désolé de m'être battu avec toi, déclare-t-il en l'embrassant sur la joue.

La jeune fille le regarde de ses yeux brillants.

— Ce n'est rien, conclut-elle. Je ferais n'importe quoi pour toi ; tu es tellement gentil.

Maria frappe impatiemment à la porte.

— Vous êtes prêts, les enfants ? Je veux me coucher ! Sortez de la chambre !

Les garçons ouvrent la porte ; la cuisinière ne remarque pas l'expression de gravité inscrite sur leurs visages.

— Et maintenant, dors vite, ma petite. Si je t'entends bouger cette nuit, gare à toi ! ajoute-t-elle avec rudesse, mais sans méchanceté.

L'adolescente obéit. Le lit est moelleux, les draps frais et doux, elle se sent bien. François demeure éveillé très tard. Il est inquiet en pensant à la pauvre Claude ! Est-elle en sécurité ? Jo les conduira-t-elle vers la caravane, ou les mènera-t-elle dans la gueule du loup ?

CHAPITRE 13

À la recherche de Claude

Maria est la seule à se réveiller de bonne heure le lendemain matin. Elle descend en courant les escaliers, nouant son tablier autour de la taille. Elle commence à ouvrir les volets. Elle ne peut s'empêcher de penser à la nuit passée. Quelle étrange soirée : en s'éveillant le matin, la cuisinière a tout d'abord pensé que Jo s'était enfuie. Mais non ! Elle était dans son lit, roulée en boule comme un petit chat, son visage fin posé sur sa main bronzée. Ses cheveux épais et brillants tombaient en boucles soyeuses sur ses yeux clos. Elle n'a pas entendu la cuisinière se lever, faire sa toilette et s'habiller.

Les autres ont bien dormi aussi. François

s'éveille le premier, mais il est déjà huit heures. Il se souvient immédiatement des événements de la veille et bondit hors de son lit. Il court vers la chambre de Maria, et jette un furtif coup d'œil à l'intérieur : il est soulagé de voir que Jo est encore là. Il s'approche du lit, la secoue doucement. Elle se retourne et enfouit son visage dans l'oreiller. François la remue alors un peu plus vigoureusement. Il faut qu'elle se lève et qu'elle révèle l'endroit où est séquestrée Claude, le plus vite possible.

À huit heures et demie, les enfants sont tous réunis autour de la table pour le petit déjeuner. Maria y dépose des tartines grillées, plusieurs pots de confiture, de la brioche, un panier de fruits, et quatre bols de chocolat chaud. Puis elle prend place à son tour, et commence à boire son café. Jo est rassurée par la présence de la cuisinière. Elle se sent à l'aise avec cette dernière.

Après le petit déjeuner, chacun remonte pour faire son lit et se laver les dents. À neuf heures, François entre dans la cuisine. Maria vient de finir de ranger quelques assiettes. Le jeune garçon lui raconte les révélations qu'a faites Jo la veille :

— Claude ! Enlevée par le père de cette gamine ? Il faut absolument que je prévienne la police ! J'irai au village à pied !

— Non, s'il te plaît ! l'interrompt François.

Si tu fais ça, Jo refusera de dire où se trouve notre cousine ! On a dû lui promettre de ne rien dire aux gendarmes, pour qu'elle accepte de coopérer...

— Mais je n'ai rien promis, moi ! Sauf à M. et Mme Dorsel, à qui j'ai assuré que je vous surveillerais pendant leur absence !

— Je suis sûr que la priorité de tante Cécile et d'oncle Henri est que leur fille soit en sécurité. La meilleure garantie que nous ayons de localiser Claude, c'est de laisser Jo nous mener à elle.

Maria s'assied sur une chaise. Elle a l'air d'hésiter. Finalement, elle regarde François :

— Je vous laisse une journée pour mener votre enquête. Si vous n'avez pas retrouvé votre cousine avant ce soir, je préviens les gendarmes. C'est compris ?

— Oui, acquiesce le garçon. Tu as raison de nous faire confiance. Maintenant, où est Jo ?

Il appelle :

— Jo ! Jo ! Viens ! Je veux te parler !

La jeune fille pénètre dans la cuisine.

— Il est temps que tu nous conduises à Claude. Tu es sûre de connaître le chemin ?

— Bien sûr, je connais toute la région.

— Tant mieux, dit François.

Il déplie une carte sur la table de la cuisine et pose le doigt sur un point.

— Voici la *Villa des Mouettes*, explique-t-il. Là se trouve la forêt de Courcy. Par où veux-tu passer ?

L'adolescente examine la carte sans comprendre.

— Eh bien ? insiste l'aîné des Cinq, impatient. C'est bien le bois dont tu parlais ?

— Je ne sais pas, je n'utilise pas de carte, moi, répond Jo timidement. Je me repère aux feuilles, aux pierres, aux sons, à la lumière...

Annie rejoint ses compagnons à ce moment. Elle voit François plier la carte d'un air pensif.

« Comment faire confiance à cette fille ? se demande le garçon. Elle peut, d'un côté, se montrer très imprévisible, et, d'un autre, elle paraît connaître parfaitement la vie. »

— Je sais où il faut passer, c'est tout, reprend Jo après un silence. Mais je ne prends pas la route, je choisis toujours un raccourci, vous comprenez ?

— Comment sais-tu qu'il s'agit d'un raccourci ? demande la benjamine du groupe.

Son interlocutrice hausse les épaules ; tout cela lui paraît mortellement ennuyeux.

— Où est votre frère ? demande-t-elle soudain. Il ne vient pas ? Je veux le voir.

— Elle aime vraiment beaucoup Mick ! s'écrie Maria. Le voilà, justement !

— Salut, Jo ! s'exclame le garçon en entrant. Tu es prête à nous conduire ?

— Il vaudrait peut-être mieux partir ce soir, quand il fera plus sombre, suggère Jo.

— Non, on doit partir *tout de suite* ! riposte François.

— Si papa nous voit arriver, il sera furieux, répète l'adolescente avec obstination.

— Très bien, répond Mick calmement. Tu ne veux pas nous aider ? Eh bien, on va avertir la police. Ils nous aideront à fouiller le bois jusqu'à ce qu'on retrouve Claude.

— Non ! hurle la jeune fille. Vous m'avez juré de ne pas faire ça !

— Tu as promis, toi aussi. On avait fait un pacte, mais je vois qu'on ne peut croire ta parole, et puisque tu ne veux plus partir ce matin, on va tous se rendre à la gendarmerie.

— Non ! non ! je vous emmènerai, je tiendrai ma promesse : mais il vaudrait mieux y aller la nuit.

— On ne peut plus attendre, déclare durement François. Viens avec nous *maintenant* !

— Bien, accepte Jo.

— Attendez une minute, intervient Maria. Je vais donner à cette petite des vêtements propres. Les siens sont pleins de terre, après la bagarre d'hier soir dans le jardin. Viens avec moi, on va te trouver quelque chose dans la chambre des filles.

Cinq minutes plus tard, l'adolescente réapparaît vêtue d'un jean de Claude. Elle porte exactement la même chemise qu'Annie, et un pull bleu noué autour de la taille.

— Elle ressemble terriblement à notre cousine, fait remarquer cette dernière en riant. Elles pourraient être sœurs !

— Frères, tu veux dire ! corrige Mick avec un sourire.

La jeune fille fait la grimace.

— Même leurs grimaces sont jumelles !

Jo tourne le dos à ses compagnons. Elle n'aime pas du tout Claude et n'a aucune envie de lui ressembler.

— Allez, en avant ! s'écrie François impatient. Conduis-nous dans la forêt.

— Jack risque de nous voir... murmure la fille.

— Eh bien, tant pis ! Tu n'as qu'à marcher très loin devant nous et on te suivra. Jack ne pourra pas savoir que tu nous mènes quelque part.

Enfin, ils partent. Maria leur a donné quelques provisions dans un sac que l'aîné du groupe met sur son dos. Jo sort par la porte de derrière, et court jusqu'à la grille du jardin. Les autres l'observent de loin.

— Suivons-la bien, murmure Annie. Il ne faudrait pas qu'elle essaie de nous fausser compagnie...

Jo s'avance loin devant eux, dans le soleil. Et soudain quelqu'un jaillit d'une haie, s'arrête devant l'adolescente et lui parle. Elle crie et essaie de s'enfuir, mais l'homme la saisit par les épaules et la pousse durement dans les buissons.

— C'est Jack, s'écrie Mick. J'en suis sûr ! Il l'attendait. Maintenant, qu'est-ce qu'on va faire ?

CHAPITRE 14

La caravane

Les enfants courent vers l'endroit où Jack a poussé Jo. Mais ils ne trouvent absolument rien ; seules quelques branches cassées révèlent le passage de l'homme et de la jeune fille. On n'entend aucun bruit. Ni pleurs ni cris. Les deux personnages se sont évanouis comme des fantômes. François fouille la haie, explore le champ qui se trouve derrière ; quelques vaches l'observent avec surprise.

— Il y a un petit bosquet au bout du champ, je vais voir ! s'écrie Mick.

Il traverse la prairie en courant vers les buissons ; il ne dérange qu'une famille de lapins. Au-delà du pré, il découvre quelques habitations.

« Je suppose que Jack a emmené la pauvre Jo dans l'une ou l'autre de ces maisons, pense-t-il rageusement. Il habite probablement là, il ne la laissera sûrement plus partir ! »

Il s'en retourne vers les autres.

— On ferait mieux d'appeler la police maintenant ! intervient Annie.

— Non, décide François. Allons jusqu'à la forêt. On sait que la caravane est cachée là ; on ne trouvera pas le raccourci, donc on prendra la route, en suivant la carte.

Ils marchent à présent sur la route goudronnée. Un car apparaît en sens inverse.

— Si on voit, au prochain arrêt, un bus en direction de la forêt de Courcy, on le prendra. Ça nous fera gagner du temps. Il faut nous dépêcher, parce que Jack ira sans doute prévenir le père de Jo.

— Je déteste cette fille ! répète Annie, presque en larmes. Elle ne nous attire que des problèmes ! Je ne croirai plus jamais un mot de ce qu'elle raconte ! Je ne crois pas qu'elle soit vraiment revenue pour nous prévenir. Elle venait encore voler des affaires de l'oncle Henri !

— Tu as peut-être raison, convient Mick à contrecœur. Regardez ! Un arrêt de bus ; l'horaire est indiqué.

Un car conduit bien vers la forêt de Courcy. Il

passe dans cinq minutes. Les enfants s'asseyent et attendent. Le véhicule arrive, empli de femmes qui se rendent au marché et de touristes qui visitent la région. Quelques kilomètres plus loin, les Cinq descendent à leur arrêt. François demande le chemin du bois.

— Par là, pointe le chauffeur. Tâchez de ne pas vous perdre !

Les enfants remercient, puis ils se dirigent tous les trois dans la direction indiquée.

— Ces arbres sont splendides... murmure Annie.

Après avoir beaucoup marché, ils arrivent dans une clairière. Plusieurs sentiers s'y rejoignent. Comment savoir lequel prendre ?

— Regardez ! s'écrie soudain Mick en se précipitant vers l'entrée de l'un de ces chemins raboteux. Le sweat-shirt de Jo !

Il se relève, tenant dans sa main droite le pull bleu que Maria avait noué autour de la taille de l'adolescente quelques heures plus tôt.

— Ils sont passés par là ! conclut François. On doit suivre cette voie.

Ils s'enfoncent sur une piste étroite. Les branches des arbres qui se rejoignent, en formant une voûte, ne laissent presque pas filtrer les rayons du soleil. La forêt devient de plus en plus épaisse, de plus en plus obscure. Les enfants suivent les

bravery

traces du passage de la caravane : çà et là, des branches cassées prouvent que le voyage n'a pas été facile.

— Le père de Jo a été se cacher bien loin ! s'exclame François.

La petite troupe avance sur un chemin de plus en plus heurté. Ils demeurent silencieux. Le bois est tranquille, aucun oiseau ne chante dans les hautes branches.

— J'aurais été plus rassurée si Dagobert avait été avec nous... murmure Annie qui commence à avoir peur.

— On doit être très prudents, décrète Mick d'une voix basse. On va peut-être découvrir la caravane au moment où on s'y attendra le moins. Il ne faut pas que le kidnappeur nous entende approcher. Je vais marcher en avant ; je vous préviendrai si je vois quelque chose.

Il part. François réfléchit. Que feront-ils lorsqu'ils apercevront le véhicule ?

« Claude et son chien sont sûrement enfermés à l'intérieur, pense-t-il. Si on parvient seulement à ouvrir la porte, Dago se chargera du reste, il est aussi fort que trois policiers ! »

Soudain, il voit son frère s'arrêter et lever la main en signe d'avertissement ; il est caché derrière un arbre.

— Il a aperçu la caravane... chuchote Annie.

Son cœur bat à se rompre.

— Ne bouge pas de là ! lui dit François et il marche doucement vers Mick.

La fillette se cache dans un buisson. Elle déteste ce bois sombre et silencieux. Elle frissonne en observant les deux garçons accroupis derrière le large tronc.

Mick a découvert la caravane. Elle semble déserte. Les fenêtres et la porte sont fermées. Les jeunes espions l'observent attentivement. Ils n'osent ni bouger, ni parler.

— Je crois que la voie est libre, souffle enfin François. C'est une chance. On va ramper jusqu'à la caravane et regarder par la fenêtre : on attirera l'attention de Claude et on la fera sortir aussi vite que possible, ainsi que Dagobert.

— C'est bizarre qu'il n'ait pas aboyé ! s'étonne son frère à voix basse. Il ne nous a sans doute pas entendus. Bon, on y va ?

Ils progressent en rampant et en se cachant derrière les buissons. Puis l'aîné des enfants frappe doucement à la fenêtre. Il fait tellement sombre à l'intérieur qu'il ne distingue rien.

— Claude ? murmure-t-il, Claude, tu es là ?

CHAPITRE 15

Perdus !

Mick et son frère attendent. Aucune réponse ne leur parvient. Claude dort-elle ? On lui a peut-être donné, à elle aussi, un somnifère, comme à Dagobert l'avant-veille. Les deux garçons frissonnent d'horreur à cette pensée. François essaie de nouveau de scruter l'intérieur de la caravane, mais il fait tellement sombre, qu'il ne peut rien distinguer.

— Si on frappait à la porte ? suggère Mick.

— Non, si le père de Jo est dans les parages, il nous entendra.

Ils contournent la caravane jusqu'à la porte : il n'y a pas de clef dans la serrure ; l'homme a dû l'emporter avec lui. François grimpe sur le marchepied et essaie de pousser le battant ; celui-ci résiste. Le jeune garçon frappe doucement : toc, toc, toc... Aucune réponse ; c'est étrange ! Il essaie de nouveau de tourner la poignée qui lui a d'abord paru très dure : la porte s'ouvre !

— Mick, ce n'est pas fermé ! s'écrie-t-il, oubliant de parler à voix basse.

Il entre dans le véhicule obscur, espérant trouver Claude ou Dagobert. Son frère le suit. Une odeur d'humidité règne à l'intérieur. Il n'y a personne. François grogne :

— On a fait tout ce chemin pour rien ! Ils ont emmené Claude ailleurs, et on ne sait pas où !

Il sort sa lampe électrique de sa poche. Claude a peut-être laissé un message, une indication quelconque ? Non, on ne voit rien, aucune trace.

— Jo a dû inventer toute cette histoire ! soupire Mick.

La lampe éclaire la paroi de bois. Quelques mots y ont été griffonnés au crayon. Mick regarde de plus près.

— On dirait l'écriture de Claude ! s'exclame-t-il.

Les deux garçons se penchent sur l'inscription.

— « *Mesnil-le-Rouge* », lit François.

Plus loin, les mêmes mots sont répétés.

— Qu'est-ce que ça veut dire ? demande Mick. Et d'abord, est-ce bien l'écriture de notre cousine ?

— Oui, j'en suis presque sûr. Mais pourquoi a-t-elle gribouillé ça ? Elle a peut-être entendu prononcer ces mots alors qu'on l'emmenait ailleurs, et elle les a notés à la hâte, au cas où on arriverait jusqu'ici... Tu ne crois pas ?

— Peut-être. Mais on ne connaît aucun village dans les environs qui s'appelle Mesnil-le-Rouge. Je crois qu'on ferait mieux de rentrer et de prévenir la police.

Déçus, les garçons reviennent vers Annie. Elle surgit de son buisson.

— Claude n'est pas là, lui annonce Mick. Mais elle a laissé un message sur le mur de la caravane.

— Pour dire quoi ?

— Pour dire où on l'a emmenée, sans doute. Mesnil-le-Rouge, ça te dit quelque chose ?

— Non... Vous êtes sûrs que c'est bien elle qui a écrit ça ?

— Certains, répond François. J'ai bien reconnu son *M* et son *g*. Et maintenant, allons avertir les gendarmes. On a déjà perdu beaucoup de temps.

Ils reprennent leur chemin entre les arbres. Le ciel s'est obscurci et, soudain, de grosses gouttes de pluie s'écrasent bruyamment sur la terre sèche. Au loin, le tonnerre gronde. Annie s'accroche au bras de son frère aîné.

— J'ai entendu dire que c'était dangereux d'être dans un bois lorsqu'il fait de l'orage, on risque d'être foudroyés !

— Mais non, répond Mick. Ce qui est dangereux, c'est de rester sous un arbre isolé ; mais regarde, voilà la petite clairière ; on va y aller, si tu veux.

Lorsqu'ils arrivent dans la clairière, l'averse est si forte qu'ils doivent à nouveau s'abriter sous les branches. Ils attendent que l'orage s'éloigne. Bientôt, la pluie cesse.

— Je déteste ces bois, déclare François, sortant des buissons. Partons !

Et il prend la tête de file. Son frère l'appelle.

— Attends ! Tu es sûr que c'est le bon chemin ?

François s'arrête, un peu inquiet.

— Je crois... tu n'es pas de cet avis ?

— Il me semblait qu'on devait tourner sur la droite ici.

— On n'est pas dans la même clairière que tout à l'heure, s'écrie soudain Annie. Dans l'autre, il y avait sur la gauche un arbre abattu dans l'herbe.

— Zut ! s'exclame Mick. Eh bien, essayons un autre chemin.

Ils s'enfoncent parmi les arbres, et se retrouvent bientôt dans la partie la plus touffue de la forêt. Ils avancent difficilement, repoussant les branches et enjambant de grosses racines. Ils n'ont aucun repère. Ils ne peuvent même pas se diriger avec le soleil. François regarde son frère et celui-ci lit l'angoisse dans ses yeux.

— Que faire ? demande Annie, comprenant que la situation est critique. On ne peut pas s'arrêter ici, au milieu de nulle part.

— Non, il faut continuer à avancer. On finira bien par ressortir de ce bois, décide l'aîné du groupe. Ce n'est pas une forêt sans fin, quand même !

Ils marchent pendant deux ou trois heures, puis la fillette s'effondre.

— Je ne peux pas aller plus loin, sanglote-t-elle. Je voudrais me reposer !

Mick regarde sa montre. Le temps passe terriblement vite, il est presque trois heures. Il s'assied à côté de sa sœur et lui dit gentiment :

— On a besoin d'un bon repas, on n'a rien mangé depuis le petit déjeuner.

Il déballe le saucisson et le pain beurré que Maria lui a confiés. Les trois enfants déjeunent et se sentent aussitôt mieux.

— Il n'y a rien à boire, malheureusement, constate Mick. Mais il y a des oranges.

Ils mangent tout ce qu'il y a dans leur sac. François se demande s'ils n'auraient pas dû garder quelques provisions. Qui sait combien de temps ils vont rester dans ce bois ! Maria sera sans doute inquiète et alertera la police qui partira à leur recherche. Mais dans combien de temps les retrouvera-t-on ?

Après le repas, Annie s'endort. Les garçons bavardent doucement.

— Cette histoire est un vrai cauchemar, déclare Mick. On est partis pour retrouver Claude et nous voilà perdus. D'habitude, on est plus débrouillards !

— Si on ne découvre pas d'issue avant la nuit, il faudra arranger un lit à l'abri d'un buisson.

Lorsque leur sœur se réveille, ils repartent d'un bon pas.

Mais la nuit tombée, ils n'ont toujours pas regagné leur chemin ; ils appellent en vain ; personne ne les entend. Alors, ils décident de s'installer pour dormir. Heureusement, il ne fait pas froid et le sol est de nouveau sec.

— Reposons-nous bien, conseille Mick. On se sentira beaucoup mieux demain matin. Tiens, Annie, mets donc le pull bleu de Jo, et reste bien contre moi, tu auras plus chaud. Voilà, parfait !

François se mettra de l'autre côté. Eh bien, ça y est, on vit une nouvelle aventure, tu vois !

— Je déteste les aventures, répond Annie d'une toute petite voix.

Elle sombre bientôt dans le sommeil.

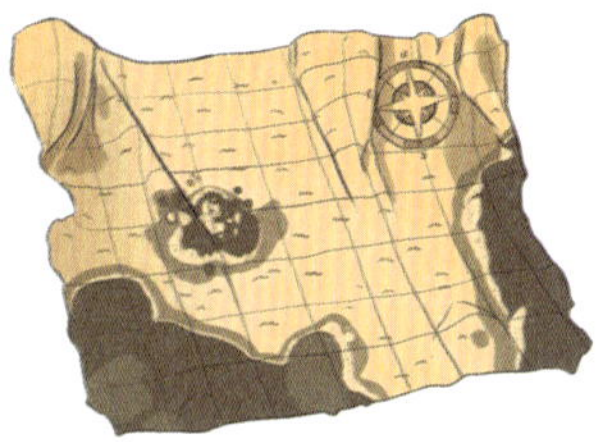

CHAPITRE 16

Un visiteur dans la nuit

Les garçons tardent à s'endormir. Ils sont tous deux très inquiets, pour Claude et pour eux-mêmes.

Mick, le premier, cède au sommeil. François veille sur Annie. Il entend le murmure du vent dans les feuilles. Puis il perçoit un léger bruit... Y a-t-il un animal dans le fourré ? Soudain, il frissonne. Il a été effleuré par le vol rapide d'un oiseau. Une chauve-souris ? Quelle horreur ! Puis, c'est encore pire : il a l'impression qu'un insecte marche sur sa tête. Une araignée probablement ; elle a le temps de tisser une toile autour de ses cheveux, car il ne bouge pas dans la crainte de réveiller sa petite sœur ! Enfin, le jeune garçon ferme les yeux et, peu de temps après, il rêve déjà.

Mais, quelques minutes plus tard à peine, il se réveille. Il a entendu très distinctement le cri d'une chouette.

« Zut, pense-t-il, je ne vais plus pouvoir me rendormir. »

Il tourne légèrement la tête ; de nouveau l'oiseau crie.

« Pourvu qu'Annie ne se réveille pas ! », rumine François.

Un nouvel ululement ! On dirait qu'un animal rampe dans les taillis. L'aîné des Cinq se sent envahi par la peur. Il n'y a heureusement pas de loups dans la région. Serait-ce alors un sanglier ? Un blaireau ? Il écoute. Le bruit se rapproche de plus en plus. Et soudain, le garçon sent une haleine chaude contre son oreille. Il étend la main, et ses doigts rencontrent une chevelure. À toute vitesse, il cherche sa lampe de poche, mais, avant même qu'il puisse l'atteindre, une main s'empare de son bras, et il a la plus grande surprise de sa vie. Cet étrange animal parle :

— C'est moi ! souffle la voix,

Tremblant, le garçon allume enfin la torche électrique. Un petit visage encadré de boucles hirsutes apparaît dans l'ombre.

— Jo ! s'exclame François. Jo ! Qu'est-ce

bravery

que tu fais là ? Tu m'as fait une de ces peurs ! Je pensais que c'était une horrible bête, pleine de poils sur la tête !

La jeune fille ne peut s'empêcher de pouffer, ce qui réveille les deux dormeurs. Mick et sa sœur se frottent les yeux tant ils sont étonnés. Jo en pleine nuit dans la forêt !

— Ça doit vous surprendre de me voir, non ? demande-t-elle. Jack m'avait attrapée, mais il ne savait pas que vous me suiviez. Il m'a enfermée dans sa maison !

— Et qu'est-ce qu'il t'est arrivé ? questionne Annie, le cœur plein de pitié.

— Absolument rien : j'ai cassé la vitre de la fenêtre et je me suis enfuie ! Je déteste ce Jack, je ne lui obéirai plus jamais. M'enfermer ! Il n'y a rien qui me fasse plus horreur que d'être prisonnière ! Après, j'ai tout de suite foncé jusqu'à la forêt : j'étais sûre que vous essaieriez de retrouver Claude par vous-mêmes. J'ai donc suivi le sentier jusqu'à la caravane de mon père. Mais là, je n'ai trouvé personne, pas même votre cousine.

— Mais alors, tu ne sais pas où elle est ? interroge François.

— Non, aucune idée. Papa a dû l'emmener ailleurs.

— Et Dagobert ?

Jo regarde au loin...

— Je me demande ce qu'ils en ont fait... répond-elle d'une voix incertaine.

Cette phrase est suivie d'un long silence. Les enfants pensent avec tristesse au sort du brave chien. Enfin, l'aîné du groupe reprend son interrogatoire.

— Comment es-tu arrivée jusqu'à nous en pleine nuit ?

— Ce n'était pas difficile, répond l'adolescente. Je n'ai eu qu'à suivre les traces de votre passage dans la forêt : il fallait seulement que je repère les branches cassées et les marques de chaussures sur le sol. Vous avez tourné en rond, non ?

— C'est vrai, admet Mick.

— Vous n'avez pas l'habitude. Lorsqu'on marche dans un bois, il faut laisser des marques dans l'écorce des arbres, çà et là, afin de retrouver le chemin du retour.

— On s'est complètement perdus, soupire Annie.

Elle prend la main de Jo et la serre bien fort entre les siennes. Elle est si contente de la voir ! Maintenant ils vont pouvoir sortir de cette triste forêt.

— On a trouvé des mots écrits sur la paroi intérieure de la caravane de ton père, déclare

François. Le nom de l'endroit où Claude a été emmenée : Mesnil-le-Rouge, est-ce que ça te dit quelque chose ?

— Il n'y a aucun lieu qui s'appelle Mesnil-le-Rouge ! répond la jeune fille.

— Ne sois pas bête, réplique Mick. Tu ne peux pas connaître tous les villages de la région. Les gendarmes, eux, nous aideront.

Jo a un mouvement d'effroi.

— Vous m'aviez promis de ne rien dire aux gendarmes.

— Oui, on avait fait cette promesse, mais seulement si tu nous conduisais à Claude, conteste François. Et tu ne l'as pas fait. On a déjà perdu trop de temps.

— Votre cousine a écrit « *Mesnil-le-Rouge* », c'est bien ça ? Eh bien, je peux vous emmener jusqu'à elle.

— Quoi ? Tu viens de nous dire qu'il n'y avait aucun endroit de ce nom ! s'énerve François. Je ne crois plus un mot de ce que tu racontes. Je pense même que tu travailles contre nous, que tu es l'alliée de ce bandit !

— Non, non ! crie Jo. Ce n'est pas vrai. Tout ce que j'ai dit, c'est que Mesnil-le-Rouge n'était pas un lieu : Mesnil-le-Rouge, c'est un homme.

Cette phrase est suivie d'un silence profond. Un homme ! Personne n'avait pensé à cette possibilité. L'adolescente semble assez contente de son effet de surprise.

— Il s'appelle Mesnil et il a les cheveux roux, précise-t-elle. Voilà toute l'explication.

— Tu es en train d'inventer une nouvelle histoire ! s'exclame Annie. Tu nous en as déjà tellement raconté !

Le visage de Jo se renfrogne.

— Si c'est comme ça, débrouillez-vous tout seuls, vous êtes trop méchants. Vous ne me croyez jamais.

Elle s'enfuit, mais Mick a vite fait de la rattraper.

— Non, reste avec nous maintenant, supplie-t-il. C'est vrai qu'on n'a pas entièrement confiance en toi, mais reconnais que c'est ta faute. Allez, raconte-nous ce que tu sais de ce Mesnil-le-Rouge ; si tu nous mènes à l'endroit où il habite, on te croira.

Le garçon éprouve de l'affection pour Jo ; elle est curieuse, fascinante, agaçante, pourrie de défauts et, pourtant, tellement attachante ! Elle déclare :

— Ça ne sert à rien de partir maintenant. Il fait nuit noire et je suis fatiguée. Demain matin, je vous conduirai vers Mesnil-le-Rouge. Mais je vous préviens, cet homme est dangereux.

Elle se tait, et ils essaient tous de dormir. Ils

sont plus rassurés maintenant que Jo se trouve avec eux et peut les aider à sortir du bois. François lui-même s'endort.

Les enfants se réveillent quelques heures plus tard, sales, affamés et courbatus.

— Avant de nous mettre en route pour la demeure de Mesnil-le-Rouge, on va retourner à la maison prendre un bain et un bon petit déjeuner. Maria doit se faire du souci, décide François. Montre-nous le chemin, Jo.

La jeune fille marche devant eux. Quelques minutes plus tard, ils se retrouvent sur le sentier qu'ils ont perdu la veille.

— Dire qu'on en était si près, soupire Mick. On a eu l'impression de faire des kilomètres dans cette forêt !

— C'est vrai que vous avez beaucoup marché : c'est parce que vous tourniez en rond ! Suivez-moi, on va prendre mon raccourci jusqu'à la villa, c'est beaucoup plus rapide que le bus.

CHAPITRE 17

Dans le bateau de Claude

Maria est très soulagée de revoir les enfants. Elle a passé la nuit dans l'inquiétude. Si le téléphone avait fonctionné, elle aurait sûrement appelé la police.

— Je n'ai pas dormi, gronde-t-elle. Vous êtes complètement fous de vous être aventurés tout seuls dans cette forêt ! Et vous n'avez retrouvé ni Claude ni Dagobert ? S'ils ne reviennent pas, je vais moi-même chercher les gendarmes ! Aucune nouvelle non plus de votre oncle et de votre tante ! J'espère qu'ils ne sont pas perdus et kidnappés eux aussi !

La pauvre cuisinière est dans tous ses états. Nerveuse, elle commence plusieurs choses à la fois ; le pain grillé brûle, le lait déborde... Les enfants se servent eux-mêmes leur petit déjeuner.

Ils sont encore tout étonnés. Jo les a ramenés vers leur maison comme un chien berger ramène ses brebis. Elle connaît tous les raccourcis, et ils n'ont pas mis longtemps pour revenir de la forêt de Courcy.

Maria les regarde tous d'un air apitoyé.

— Que vous êtes crasseux ! Je vais vous préparer un bain, mes chéris !

Après le repas, les quatre enfants se lavent vigoureusement. Puis ils se rassemblent dans la chambre des garçons.

— Que sais-tu de cet homme que tu appelles Mesnil-le-Rouge ? demande François à leur nouvelle compagne.

— Pas grand-chose. Il est riche, il a une drôle de façon de parler et je crois qu'il est fou. Il emploie des hommes comme mon père ou Jack pour cambrioler des maisons à sa place. Mais papa ne me dit rien. Je ne pose pas de questions. J'ai toujours peur de recevoir des coups...

— Où est-ce qu'il habite ? demande Annie.

— Il a une maison sur la falaise, explique la jeune fille. Je ne connais pas le chemin en passant par les terres, mais je sais y aller en bateau :

c'est un endroit étrange, presque un petit château avec des gros murs de pierre.

— Tu t'y es déjà rendue ? demande Mick.

— Oh oui ! répond Jo. Deux fois. Mon père devait aller chercher un grand coffre ; j'étais avec lui.

— Pourquoi ? questionne François. Il avait vraiment besoin de toi ?

— Je m'occupais du bateau. Je vous ai dit que la maison de cet homme se trouve sur la falaise. On y est allés par barque. Il y a une sorte de grotte : c'est là qu'on a abordé. Mesnil-le-Rouge nous attendait. Il était descendu de sa maison jusqu'à la grotte, je n'ai jamais su comment.

Les trois enfants regardent leur interlocutrice.

— Tu veux dire qu'il existe certainement un passage secret qui va de la grotte jusqu'à la maison ? interroge enfin l'aîné.

— C'est possible, admet Jo. Vous ne me croyez pas ? Alors débrouillez-vous tout seuls !

— Ne te fâche pas ! réplique Mick. Mais ton histoire ressemble à un roman. Tu es sûre que tout ça soit bien vrai ? On ne veut pas se perdre encore une fois !

— Je suis prête à vous accompagner si vous promettez à nouveau de ne rien dire à la police, décrète sèchement la jeune fille.

François soupire :

— Il va falloir que je réussisse à convaincre Maria... Je pense qu'elle acceptera, si je lui explique que c'est le seul moyen pour qu'on retrouve Claude.

— Très bien, poursuit Jo. Et il nous faut un bateau...

— On prendra celui de notre cousine, décide Mick.

Annie s'approche de son oreille et chuchote :

— Je préférerais rester à la maison... Je ne me sens pas l'énergie ni le courage d'affronter ce Mesnil-le-Rouge. J'ai déjà eu si peur la nuit dernière.

— C'est d'accord. Toi, tu restes avec Maria. De toute façon, je ne crois pas qu'elle ait envie d'être seule aujourd'hui. Tu lui tiendras compagnie. Et tu t'assureras qu'elle ne va pas voir les gendarmes.

Après avoir, une nouvelle fois, persuadé la pauvre cuisinière de les laisser partir à la recherche de Claude, les garçons et Jo quittent la *Villa des Mouettes*. Cette dernière se cache entre les haies. Elle redoute la présence de Jack et ne veut pas être vue. François et Mick descendent les premiers vers la plage, afin de s'assurer que l'homme n'y est pas. Puis ils vont prévenir leur compagne que la voie est libre. Elle rampe tout de même de cachette en cachette jusqu'au canot, dans lequel elle saute lestement. Les deux frères en font autant, après avoir poussé l'embarcation en profitant d'une grosse vague.

— C'est loin ? interroge l'aîné.

— Je ne sais plus trop, répond la jeune fille. Deux heures, trois heures peut-être...

Mick hisse une petite voile. Le vent leur est favorable.

— Tu as apporté le déjeuner que Maria nous a préparé ? demande François à son frère. Je ne le vois nulle part.

— Jo est installée dessus ! s'exclame ce dernier.

En effet, elle est assise au fond de la barque et elle n'en a plus bougé. Elle prend la barre, et les garçons voient tout de suite qu'elle sait piloter un bateau. François déplie une carte.

— Je me demande où se cache cette maison, marmonne-t-il. La côte est déserte jusqu'à Port-sur-Mer. S'il a un repaire sur l'une des falaises, ce doit être dans un coin vraiment sauvage et solitaire. Je ne vois pas un seul village de pêcheurs.

Le petit voilier avance à bonne allure. Au bout d'un long moment, Mick s'impatiente :

— On a parcouru déjà pas mal de chemin, déclare-t-il. Où est cet endroit ? Tu es sûre de bien le reconnaître ?

— Bien sûr, réplique Jo. Je pense même que c'est là-bas derrière cet escarpement.

Elle a raison. Lorsqu'ils contournent le promontoire, l'adolescente leur montre du doigt un vieux bâtiment.

— Vous voyez ? La maison de Mesnil-le-Rouge se trouve là-haut.

Les garçons regardent. Ils voient une demeure de pierre grise qui ressemble à un petit château. Celui-ci surplombe la mer et présente une tour, face à l'océan.

— La grotte ne doit pas être loin, prévient Jo. Ouvrez bien vos yeux !

— C'est là ! crie Mick.

Ils baissent la voile, et pagaient silencieusement en direction de l'excavation. Tout est calme à cet endroit.

— Est-ce qu'on peut nous voir depuis la maison ? demande François.

— Je ne sais pas, répond l'adolescente. Je ne pense pas, mais il vaut mieux aborder et cacher le bateau dans les rochers.

Ils amarrent le canot, à l'entrée de la grotte, puis Mick recouvre le pont d'énormes paquets de varech, afin de le camoufler.

— Et maintenant ? questionne-t-il.

— On va grimper par là, explique Jo et,

s'agrippant des mains et des pieds, elle commence à escalader la falaise.

Les garçons sont bons grimpeurs eux aussi, pourtant à mi-chemin ils semblent découragés. Leur compagne se retourne.

— Qu'est-ce qu'il y a ? demande-t-elle. Mon père grimpe sans problème, lui ; vous devriez donc y arriver !

— Ton père était acrobate ! rétorque François qui a glissé et redescend un peu trop vite à son goût. Ah ! je n'aime pas ça ! Si au moins j'avais une corde !

— Il y en a une dans le bateau, je vais la chercher ! s'exclame la jeune fille.

Aussitôt dit, aussitôt fait, quelques instants plus tard, elle remonte à toute vitesse avec la corde. Lorsqu'elle est beaucoup plus haut que les garçons, elle enroule l'extrémité du filin autour d'un rocher et les deux frères peuvent s'accrocher pour poursuivre leur ascension. C'est beaucoup plus facile ainsi. Lorsqu'ils arrivent à l'endroit où se trouve Jo, ils découvrent une seconde grotte dans la roche. Celle-ci est voûtée et très sombre.

— Par ici, chuchote la fille et elle leur montre le chemin.

Mick et François la suivent un peu inquiets. Où vont-ils maintenant ?

CHAPITRE 18

Les événements se précipitent

Jo les conduit à travers un tunnel rocheux. Ils progressent maintenant dans une nouvelle caverne encore plus grande que la précédente, dont les murs ruissellent d'humidité. François est bien content d'avoir apporté sa lampe de poche. Il fait froid et il frissonne. Soudain, il sursaute : quelque chose l'a frappé au visage.

— Ce n'est rien, dit la jeune fille en riant. C'est une chauve-souris, il y en a des centaines ici.

Puis ils débouchent dans une autre grotte, plus petite cette fois.

— Je n'ai jamais été plus loin qu'ici, explique Jo. Une fois, on avait amarré le bateau ; mon père et moi attendions Mesnil-le-Rouge. Lorsqu'il est apparu, je n'ai jamais su par où il était passé.

— Il existe sûrement un passage. On va le trouver ! s'exclame Mick en allumant sa propre torche électrique.

François et Mick commencent à explorer l'excavation, cherchant une faille, un tunnel, une ouverture. Leur compagne attend dans un coin, elle n'a pas de lampe. Soudain les jeunes aventuriers ont une émotion terrible. Une voix tonne dans la grotte. C'est une voix basse et pleine de colère qui fait battre leur cœur à coups violents :

— Ainsi, vous avez osé venir ici !

Jo se cache dans un creux de la roche. Les garçons demeurent cloués sur place. D'où vient le son ?

— Qui êtes-vous ? gronde la voix.

— Et vous, qui êtes-vous ? crie François courageusement. Sortez et montrez-vous ! Nous sommes venus pour voir un homme appelé Mesnil-le-Rouge. Conduisez-nous jusqu'à lui !

Il y a un long moment de silence, comme si l'inconnu était parti, puis de nouveau la voix tonne :

— Pourquoi voulez-vous voir le Rouge ? Qui vous envoie ?

— Personne. Nous sommes venus exiger la

liberté de notre cousine et de son chien ! hurle Mick.

C'est alors que deux jambes apparaissent dans un trou de la voûte, et quelqu'un saute légèrement à côté d'eux. Les garçons sursautent : ils n'ont pas perçu que la voix venait d'en haut. François éclaire l'homme du faisceau de sa lampe. C'est un géant aux cheveux couleur de flamme ; ses sourcils sont roux, comme ses cils, et il porte une barbe fauve, qui cache en partie une bouche cruelle. François scrute les yeux de l'homme et pense aussitôt :

« Il est fou ! Qui est-ce ? Un savant, jaloux du travail et de la réussite de l'oncle Henri, ou un voleur, travaillant pour un gang, essayant d'obtenir des documents importants pour les vendre ? De toute façon, il a un regard démentiel ! »

Mesnil-le-Rouge observe les deux frères...

— Ainsi, vous croyez que je retiens ici votre cousine ? demande-t-il d'une voix rauque. Qui vous a raconté ça ?

— On vous l'expliquera lorsque les gendarmes viendront ! riposte froidement François.

L'homme recule.

— Les gendarmes ? Que savent-ils ? Pourquoi viendraient-ils ici ? Répondez-moi !

— La police est sur votre piste depuis le vol

des documents de notre oncle, répond Mick. Nous voulons savoir qui nous a adressé un message pour obtenir un important carnet de notes secrètes. Qui a kidnappé Claude et l'a gardée en otage ? Qui l'a conduite jusqu'ici ? Qui ?

— Ah ! ah ! ah ! s'exclame l'inconnu, une lueur d'effroi dans les yeux. Que de mensonges ! Les gendarmes ont-ils entendu ce récit fantastique ?

Et soudain l'homme, levant la tête vers la trappe, appelle :

— Markhoff ! Viens !

À nouveau, deux jambes apparaissent dans l'ouverture de la paroi supérieure de la caverne et un homme se laisse glisser près des garçons.

— Descends la falaise, reprend le Rouge. Tu trouveras, à l'entrée de la grotte probablement, le bateau dans lequel nous avons vu ces gamins arriver. Coule-le, détruis-le, rends-le inutilisable, puis reviens ici. Ensuite, tu les conduiras dans la cour et tu les ligoteras. On partira au plus vite avec la petite.

Markhoff regarde son complice d'un air surpris.

— Comment partir ? interroge-t-il. Tu sais bien que l'hélicoptère n'est pas en état de marche !

— Eh bien, répare-le ! rugit le bandit. On

part ! Ce soir la police sera là, tu entends ? Tu as entendu, les gendarmes sont sur notre piste. Il *faut* filer !

— Qu'est-ce que je fais du chien ? demande Markhoff.

— Tue-le ! ordonne le géant roux. Tue-le avant qu'on parte. C'est une brute ! On aurait déjà dû lui envoyer quelques balles dans la peau !

L'homme disparaît. François serre les poings. Mesnil-le-Rouge attend, ses yeux cruels brillent.

— Je vous aurais emmenés avec nous s'il y avait eu de la place, lance-t-il aux deux frères. Et je vous aurais jetés à la mer ! Vous pouvez dire à votre oncle qu'il entendra parler de moi. S'il veut retrouver sa fille, qu'il m'envoie les documents ! Merci beaucoup de m'avoir averti de l'arrivée de la police. Je partirai à temps.

Il fait les cent pas dans la grotte, en marmonnant entre ses dents. Mick et François se regardent en silence. Ils sont anxieux pour Claude ; l'homme va-t-il vraiment l'emmener dans son hélicoptère ? Il paraît capable de tout !

Enfin, Markhoff revient.

— Le bateau est coulé, déclare-t-il.

— Parfait, répond l'autre. Je passe le premier, puis les garçons, ensuite toi ! Surveille-les bien.

Le Rouge se hisse à travers l'ouverture du

plafond, qui est d'ailleurs très bas. François et Mick suivent, ils n'ont vraiment aucun moyen de résister ! Le complice de Mesnil grimpe derrière eux. Quant à Jo, elle est restée si bien cachée dans l'anfractuosité de la roche, que personne ne l'a vue.

« On ne peut pas la laisser là... pense Mick. Que faire ? Elle ne peut pas s'enfuir, puisque le bateau est perdu ; mais elle est si débrouillarde qu'elle s'en tirera peut-être. »

Le géant roux leur montre le chemin à travers une nouvelle caverne : cette dernière est tellement voûtée qu'il faut marcher courbé en deux. Markhoff éclaire le chemin avec une lampe puissante. Le passage secret mène à la vieille maison au sommet de la falaise. Une rampe a été installée le long du mur, car le chemin souterrain monte assez dur. Un escalier taillé dans le roc, aux marches très hautes, conduit jusqu'à une porte qui se dresse maintenant devant les enfants.

Le Rouge l'ouvre. François est aveuglé par la lumière du jour. Ils se trouvent dans une grande cour pavée de larges pierres ; entre les dalles, l'herbe pousse. Au milieu, les enfants voient un hélicoptère ; cela fait un drôle d'effet, dans cette cour ancienne. Des bâtiments couverts de lierre épais bordent la cour sur trois de ses côtés. Sur le quatrième s'élève un mur assez haut, au milieu duquel se dresse une forte grille. François distingue les énormes verrous dont celle-ci est pourvue.

« On dirait une citadelle », se dit-il.

Et soudain il est entraîné vers une cabane construite dans un angle de la cour. On le pousse à l'intérieur. On attache durement ses poignets dans son dos ; la corde est nouée autour d'un anneau de fer. Le jeune garçon est prisonnier ! Il peut voir maintenant Markhoff ligoter le pauvre Mick. L'aîné des garçons cherche désespérément un moyen d'échapper à ce cauchemar. Par la fenêtre de la maisonnette, il regarde la tour qui domine la vieille bâtisse. Dans l'encadrement d'une fenêtre, il distingue un petit visage pâli. Le cœur de François bat très fort. Est-ce la pauvre Claude ? Pourvu qu'elle ne les ait pas vus ! Elle serait affreusement découragée si elle apprenait que Mick et lui sont captifs eux aussi !

De l'autre côté de la cour, il y a une grosse niche. François distingue un animal couché là ; est-ce Dagobert ? Pourquoi n'a-t-il pas aboyé en les voyant ?

— C'est le chien de ma cousine ? demande-t-il à Markhoff.

— Oui, répond celui-ci. On lui a donné des somnifères pour le calmer. C'est une sale bête, heureusement qu'on va le tuer !

Mesnil-le-Rouge a traversé la cour et a franchi une porte voûtée. Son complice le suit. Les deux frères sont abandonnés à eux-mêmes. Ils ne disent rien. Ils se sentent misérables, leurs poignets attachés leur font très mal. Que va-t-il leur arriver ?

Soudain, un sifflement se fait entendre.

— Pstt !

— Qu'est-ce que c'est ? demande Mick.

Il tend le cou, pour balayer la cour du regard. À l'entrée du souterrain, il aperçoit Jo, accroupie dans l'ombre.

— Pstt ! Je vais venir vous détacher !

CHAPITRE 19

Escalade acrobatique

— Jo ! s’écrient les garçons.

Il n’y a personne dans la cour. La fille se glisse jusqu’à la cabane et y pénètre.

— J’ai un couteau dans la poche, chuchote François. Sors-le, ce sera plus facile de couper ces cordes que de défaire les nœuds. Je n’ai jamais été aussi content de te voir !

Jo se dépêche. Elle s’empare du canif et l’ouvre.

— Je suis restée un peu en arrière, explique-t-elle rapidement. Puis, j’ai suivi le chemin que vous aviez emprunté avec les deux autres.

— Heureusement que les hommes ne t’ont

pas vue ! souffle Mick. Comme je suis soulagé que tu sois là, ma petite Jo !

L'adolescente est ravie. Elle cisaille les dernières cordes qui lient les mains de François. Bientôt les deux garçons sont libres.

— Où est Claude ? demande la jeune sauveuse.

— Dans cette tour, répond François. On peut la voir par la fenêtre ; on a aussi aperçu ce pauvre Dago, abruti de sommeil. Mesnil et son complice veulent l'abattre.

— Je ne les laisserai pas faire, affirme Jo. C'est un gentil chien. Je vais tout de suite le conduire dans une grotte.

— Pas maintenant ! s'écrie Mick horrifié. Si les hommes te voient, on sera de nouveau capturés !

Mais Jo court déjà vers la niche où se trouve Dagobert. Au même moment, on entend claquer une porte. Les garçons sursautent et se figent ; Jo se cache derrière une pile de cageots. Mesnil-le-Rouge traverse la cour.

— Vite, il arrive ! murmure l'aîné, pris de panique. Replaçons-nous devant les anneaux de fer, cachons nos mains derrière nous, faisons semblant d'être toujours attachés !

L'homme s'approche de la cabane et esquisse un sourire méchant.

— On va vous laisser ici jusqu'à l'arrivée des gendarmes, lance-t-il sèchement.

Puis il rabat la petite porte et place une grosse pierre devant pour la bloquer. Ensuite, il s'achemine vers l'hélicoptère, l'examine consciencieusement. Puis, il rentre dans la maison.

Lorsque tout redevient calme, Jo court vers la cabane. Elle pousse le pavé et ouvre le battant.

— Sortez, souffle-t-elle. Et on refermera à clef, personne ne saura que vous n'êtes plus là. Vite !

Les deux frères se sauvent en espérant que les bandits ne surveillent pas la cour. Jo ferme la porte derrière eux, et ils se précipitent tous vers l'entrée du souterrain, dont ils descendent les premières marches.

— Merci, Jo, dit Mick.

Les enfants s'asseyent. La tête dans les mains, François essaie de réfléchir. Que faire ? Face à Mesnil, il a bluffé : la police ne viendra pas, puisque personne ne l'a prévenue.

« La pauvre Claude sera emmenée dans l'hélicoptère et Dagobert sera tué », pense le jeune garçon.

— Je ne vois aucun moyen de faire sortir Claude de la tour, poursuit-il tout haut.

— Je m'en charge, répond calmement Jo.

— Mais les portes sont sûrement verrouillées !

— Pas de problème, reprend la jeune fille. Je

ferai sortir votre cousine, je vous le dis. Vous savez bien que vous pouvez me croire, maintenant.

— Mais comment comptes-tu t'y prendre ? demande Mick, étonné et sceptique.

— Cette tour est large. Il y a sûrement plus d'une pièce. Si je peux me glisser jusqu'à la chambre voisine de celle de Claude, je pourrai la libérer.

— Et par où passeras-tu pour accéder à cette pièce ? insiste le garçon.

— Je grimperai le long du mur, bien sûr ! Ce n'est pas difficile, je m'accrocherai au lierre.

Les frères la regardent. Ils se souviennent de l'effroi d'Annie le premier soir, lorsqu'elle a vu un visage derrière la fenêtre de la *Villa des Mouettes*. Ils comprennent tout. C'était donc Jo !

— Cette tour est trop haute ; on ne peut pas te laisser faire, déclare François. Si tu tombais, tu te tuerais !

L'adolescente éclate de rire.

— Tomber d'un mur comme celui-là ? J'en ai déjà escaladé quand il n'y avait même pas de lierre, en m'accrochant aux arêtes de la pierre ! Aujourd'hui ce ne sera vraiment pas difficile. Bon, j'y vais.

Elle remonte les escaliers silencieusement, comme un petit chat, et attend à la porte que tout soit calme. Puis elle traverse la cour et arrive au pied du mur couvert de lierre. François et Mick, réfugiés sous le porche d'entrée du souterrain, l'observent.

— C'est très dangereux... soupire l'aîné.

— Pourtant, elle a l'air à l'aise ! répond son frère.

En effet, Jo monte, légère et rapide. Elle se tient vigoureusement par les mains et pose son pied, d'abord doucement pour s'assurer de la solidité des branches avant de monter de plus en plus haut. Soudain, une branche casse, et la grimpeuse glisse un peu ; les deux garçons ont la gorge serrée en la voyant faire. Mais la jeune fille continue sa difficile ascension. Elle dépasse le premier étage, puis le second, puis le troisième. À présent, elle est presque au sommet, et paraît minuscule.

— Si elle tombe maintenant, qu'est-ce qu'on fait ? souffle Mick.

— Tais-toi, murmure François. Tu vas nous porter malheur. Elle ne tombera pas ! Regarde ! Elle pousse la fenêtre, elle entre...

Jo est maintenant assise, triomphante, sur le rebord de la fenêtre. Elle a atteint la chambre voisine de celle de Claude, elle fait de grands gestes de bras imprudents, pour montrer sa joie à ses compagnons restés en bas !

La fenêtre est entrouverte, et comme l'adolescente ne parvient pas à la pousser, elle se glisse dans la fente, entre les deux battants, et disparaît à l'intérieur du bâtiment. Mick sent ses genoux trembler. Son frère l'entraîne vers l'escalier du souterrain où ils sont plus en sécurité.

Jo s'est fait une bosse en sautant dans la pièce. Maintenant son cœur bat très fort. Elle se cache un moment derrière un fauteuil dans la crainte que quelqu'un l'ait entendue entrer. Mais personne ne semble habiter cet étage.

Le lieu est garni de meubles anciens. Il y a de la poussière partout et des toiles d'araignée pendent au plafond.

Jo traverse doucement la chambre. Elle découvre un escalier qui descend en spirale. De chaque côté se trouve une porte. Il doit y avoir quatre pièces dans la tour. Chacune comporte deux fenêtres.

« Cette entrée doit mener à la prison de Claude », pense la jeune fille.

Elle tire le verrou. Cela fait un peu de bruit et elle se cache de nouveau, mais personne ne vient. Alors, elle se hasarde à tourner l'énorme clef dans la serrure. La porte s'ouvre, Jo passe la tête prudemment. Claude est là, une Claude amaigrie et triste, assise près de la fenêtre. Elle regarde sa libératrice sans pouvoir en croire ses yeux.

— Salut ! dit cette dernière avec un sourire. Je suis venue te chercher !

CHAPITRE 20

La terrible aventure continue

Claude regarde la jeune fille comme si elle voyait apparaître un fantôme.

— Jo, murmure-t-elle, c'est bien toi ?

— Oui !

Et s'avançant dans la chambre, elle va malicieusement pincer Claude.

— Tu vois, tu ne rêves pas ! Viens maintenant. Il faut qu'on se dépêche avant que Mesnil-le-Rouge arrive, je n'ai pas envie de me faire prendre.

La prisonnière se lève comme une somnambule. Elle traverse la pièce, franchit la porte. Les deux filles se tiennent sur la plus haute marche de l'escalier.

— On va s'échapper par là, commence Jo.

Mais elle s'arrête subitement. Elle écoute : quelqu'un vient ! Bouleversée, elle pousse Claude dans la première pièce.

— On est perdues ! murmure-t-elle.

— Ce type aux cheveux roux vient trois ou quatre fois par jour ; il essaie de me faire parler de mon père et de ses travaux.

Les pas se rapprochent et résonnent sourdement... On entend maintenant le bruit d'une lourde respiration. Jo a une idée. Elle dit tout bas à l'oreille de Claude :

— Écoute, on se ressemble beaucoup. Je vais me laisser enfermer dans cette pièce et tu pourras t'enfuir et retrouver tes cousins. Mesnil-le-Rouge ne saura jamais que je ne suis pas toi. Tu vois bien, Maria m'a donné ces vêtements, on est habillées de la même façon.

— Non, je ne veux pas que tu sois prise !

— Ne t'inquiète pas pour moi : j'ouvrirai la fenêtre et je descendrai le long du lierre, tout simplement, dès que le Rouge sera parti ; c'est notre seule chance, sinon ils vont t'emmener dans leur hélicoptère, ce soir.

Les pas sont maintenant tout proches. Jo pousse sa compagne derrière un rideau et ajoute à voix basse :

— De toute façon, je ne fais pas ça pour toi, je le fais pour Mick. Reste ici et laisse-moi faire.

Lorsque l'homme s'aperçoit que la porte de Claude est ouverte, il lâche un juron. Il entre et, ne trouvant personne, il ressort aussitôt ; il vocifère :

— Markhoff ! La porte est ouverte et la gamine est partie ! Qui a ouvert cette porte ?

Le complice apparaît, essoufflé. Il a monté les escaliers quatre à quatre.

— Personne. La petite ne peut pas être loin ! Je n'ai pas quitté la chambre de dessous ; si elle était descendue, je l'aurais vue !

— Qui a ouvert cette porte ? rugit à nouveau Mesnil-le-Rouge. Il faut qu'on rattrape cette gosse !

Il s'avance droit vers la pièce où Jo et Claude se cachent en tremblant. La première chose qu'il voit, c'est la chevelure noire de la première dépassant un peu de la chaise derrière laquelle elle s'est tapie.

Il la saisit aussitôt et s'écrie :

— La voilà !

Il ne remarque pas que ce n'est pas la bonne prisonnière. Il faut dire que les deux filles, avec leurs cheveux courts et leurs vêtements semblables, peuvent aisément passer l'une pour l'autre.

Jo se plaint et se débat, tout en cachant son visage dans les mains...

Pendant ce temps, Claude, dissimulée derrière les rideaux, ne peut s'empêcher de frémir. Elle voudrait intervenir, mais il ne faut pas. Elle pense avec tendresse à son pauvre chien qu'elle va peut-être enfin retrouver ; elle a été tellement triste que les bandits le lui arrachent.

Sa sauveuse est entraînée dans l'autre pièce. Elle hurle toujours et se défend, mais on l'enferme à clef. Les deux hommes se disputent à présent.

— C'est toi qui as laissé la porte ouverte ! Tu es descendu le dernier !

— Je t'ai déjà dit que j'avais tout verrouillé et que je me trouvais à l'étage en dessous ! D'ailleurs, tu es tellement distrait : c'est probablement toi qui as commis cette bêtise !

— On verra ça plus tard ! gronde Mesnil-le-Rouge, furibond. Pour le moment, fais ton travail ! Tu as tué ce chien ? Non ? Pas encore ? Dépêche-toi de le faire avant qu'il ne s'échappe à son tour !

Le cœur de Claude se serre. Ils vont abattre Dagobert ! Oh non ! Elle ne le supportera pas ! Mais que faire ? Elle entend le géant roux et Markhoff prendre les escaliers. Le bruit de leurs pas décroît. Alors elle se décide à descendre à son tour. Ils sont maintenant dans la grande salle du rez-de-chaussée et s'invectivent toujours. La jeune fille risque d'être vue en passant devant l'entrée.

À cet instant, dans un geste de colère, Mesnil claque la porte. Claude se précipite vers la sortie de la tour. Elle demeure un instant aveuglée par la lumière du soleil. Elle sait bien où se trouve Dagobert, car elle l'a vu par sa fenêtre. Elle sait qu'on l'a drogué pour l'empêcher d'aboyer. Mesnil-le-Rouge le lui a raconté. Pauvre Dago !

La jeune fille traverse la cour et se glisse dans la large niche. Dagobert est là ; il semble endormi. Sa maîtresse s'agenouille près de lui, noue ses bras autour de son cou.

— Dago, oh ! Dago ! gémit-elle.

Elle le voit à peine à travers une buée de larmes. Le chien, très loin, perdu dans le sommeil, perçoit cette voix qu'il aime tant. Il frémit, ouvre les yeux et aperçoit Claude. Ses paupières retombent aussitôt.

La drogue qu'on lui a administrée est si forte que le pauvre chien ne peut se dresser sur ses pattes ; il lèche le visage de son amie. Cette dernière est désespérée. Elle a tellement peur que Markhoff vienne et le tue !

— Dagobert, dit-elle, en parlant tout bas. Réveille-toi !

Dago ouvre enfin les yeux ; sa maîtresse est

encore là. Ce n'est donc pas un rêve ! Le pauvre animal est incapable de comprendre ce qui lui est arrivé durant ces derniers jours. Il fait un effort, ses pattes tremblent. Enfin il se redresse.

— Très bien, mon petit chien, murmure Claude. Maintenant, viens vite avec moi.

Mais la pauvre bête ne peut pas marcher. Découragée et effrayée, la jeune fille jette un regard dans la cour. À son grand étonnement, elle découvre François, agenouillé sur le seuil de la petite porte voûtée. Elle se fait tellement de souci pour le chien qu'elle ne s'étonne même pas de voir son cousin.

— François, appelle-t-elle. Viens au secours de Dago, ils vont le tuer !

— Qu'est-ce qui t'est arrivé, Jo ?

— Voyons ! C'est moi, Claude !

Le jeune garçon ne l'avait pas reconnue...

— Où peut-on cacher le chien ?

— Dans le souterrain, répond son cousin. C'est le seul endroit possible. Viens !

Ils parviennent à tirer le pauvre Dagobert, engourdi et lourd, à travers la cour jusqu'à l'arche de pierre où les attend Mick : ils poussent l'animal dans le passage. Le malheureux chien dégringole les marches plutôt qu'il ne les descend et s'écroule en bas de l'escalier en gémissant. Claude est affolée.

— Il a dû se blesser !

Mais au grand étonnement des trois enfants, le choc semble, au contraire, avoir réveillé Dago ; il se secoue, regarde tout autour de lui, enfin il vient manifester sa joie à sa maîtresse. Celle-ci le caresse, le console ; les deux garçons sont très émus eux aussi.

— Il ne faut pas perdre de temps, déclare l'aîné des Cinq. Descendons-le vite dans les grottes. Ces bandits le chercheront sûrement, lorsqu'ils s'apercevront qu'il a disparu et que nous nous sommes enfuis.

Comme ils ont vu les deux hommes le faire, les enfants passent par la trappe. Maintenant, réunis autour du chien, ils tiennent un conciliabule. Les deux frères ont éteint leur lampe, et Claude en est plutôt contente, car après toutes ces émotions elle pleure en silence et ne veut pas qu'on la voie. Enfin, elle raconte à ses cousins, à voix basse, les exploits de Jo.

— C'est elle qui a voulu que je me cache et qui s'est fait enfermer à ma place. Elle est incroyable ! C'est la fille la plus courageuse que j'aie jamais connue ! Avoir fait tout ça pour moi qui lui étais tellement antipathique !

— C'est une drôle de gamine, renchérit Mick. Elle a très bon cœur.

Ils parlent vite, échangeant les informations

récentes. Claude leur raconte comment elle a été enlevée et conduite dans la caravane en pleine forêt.

— C'est là qu'on a vu ton message « *Mesnil-le-Rouge* », explique François, et c'est pourquoi on est arrivés jusqu'ici. Bon, maintenant, il faut vite établir un plan, les malfaiteurs vont nous chercher, c'est certain !

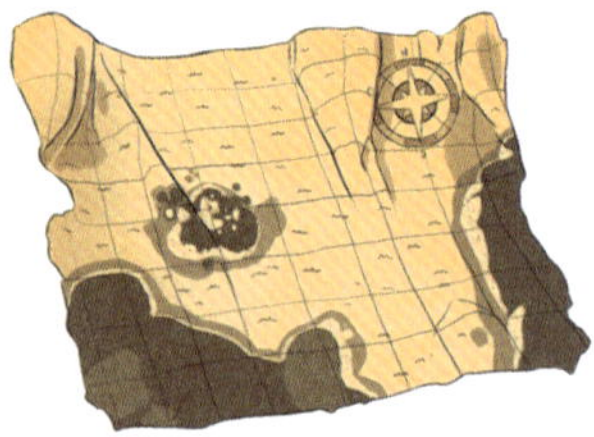

CHAPITRE 21

Nouvelles surprises

François a l'impression de distinguer du bruit ; les autres écoutent attentivement... Le cœur de Claude bat très fort.

— C'est peut-être le ronflement de la mer qui résonne dans les grottes, conclut enfin Mick. D'habitude, on n'a pas besoin de tendre l'oreille, Dagobert nous avertit toujours, mais il a été tellement drogué, le pauvre ! Je suis sûr qu'il n'entend rien du tout.

— Est-ce qu'il retrouvera toutes ses forces ? demande Claude, inquiète pour Dago.

— Certainement, répond l'aîné des enfants, pour cacher sa propre inquiétude. D'ailleurs, il n'a pas l'air malade. Seulement un peu fatigué.

Mais dis-nous, comment as-tu été amenée jusqu'à ce château ?

— J'étais enfermée dans la caravane, lorsque, soudain, le père de Jo m'a dit de sortir. Il a frappé Dagobert sur la tête pour faire cesser ses aboiements et nous a conduits à travers la forêt. À la nuit tombée on est arrivés jusqu'à la côte puis à cette terrifiante demeure.

— Pauvre petite Claude, s'apitoie Mick.

— Je suis libre, maintenant. Jo, en revanche, doit être entre les mains des deux hommes.

— Tu crois que Mesnil-le-Rouge et Markhoff ont déjà découvert notre évasion et la disparition de Dagobert ? Ils vont être furieux ! s'exclame François.

— On ne peut pas partir ? demande la jeune fille, brusquement alarmée. Vous êtes venus en bateau ? Alors partons, on ramènera du secours pour délivrer Jo.

Il y a un silence. Aucun des garçons ne se décide à dire à Claude que son bateau a été mis en pièces par Markhoff. Pourtant, il faut bien qu'elle sache la vérité ; en quelques mots, les frères lui expliquent les faits. Claude ne réagit pas. Ils demeurent silencieux durant quelques minutes. On n'entend plus que la respiration de Dagobert.

— On ne pourrait pas, lorsqu'il fera nuit,

monter jusqu'à la cour et essayer de franchir la grande grille ? interroge Mick. De toute façon, on ne peut pas s'échapper en descendant la falaise, puisqu'on n'a plus de canot !

— Si on attendait que Mesnil-le-Rouge et son complice soient partis dans leur hélicoptère ? suggère François. Ce serait beaucoup plus sûr !

— Mais Jo ? riposte sa cousine. Ils la prennent pour moi ! Ils vont l'emmener avec eux ! Je refuse de m'évader sans avoir délivré celle qui s'est sacrifiée pour moi !

Ils discutent longuement de la façon de libérer leur compagne. Mais aucun des trois enfants ne trouve un plan réalisable. Le temps s'écoule, la faim se fait sentir.

— Je me demande ce qui se passe là-haut dans la maison, marmonne Mick.

Dans la mystérieuse demeure, les événements se succèdent.

Markhoff est parti pour tuer Dagobert, comme son maître le lui a ordonné, mais, lorsqu'il arrive à la niche, le chien n'est plus là ! Le bandit est très étonné ! Le chien a pourtant été attaché et drogué. Maintenant la corde gît par terre, et l'animal a disparu !

L'homme parcourt la cour du regard. Qui peut bien avoir délivré l'animal ? Il se dirige ensuite vers la cabane où François et Mick ont été enfermés. Markhoff s'y introduit.

— Ah ! maudits gosses ! Vous avez détaché votre sale bête ! crie-t-il.

Mais il s'arrête net : il n'y a plus personne dans la maisonnette. Là aussi la corde repose au sol. Elle a été coupée ! Les prisonniers se sont enfuis ! Le malfrat ne peut en croire ses yeux, il regarde tout autour.

— Qui a bien pu libérer le chien et les garçons ? grogne-t-il. Que va dire Mesnil-le-Rouge ?

Il regarde l'hélicoptère.

« Il vaudra mieux partir avant qu'il fasse nuit, pense-t-il. Il y a sûrement un inconnu dans la maison. Nous sommes en danger. Je vais avertir Mesnil. »

Au moment où il s'apprête à entrer dans la grande salle, il aperçoit deux hommes qui l'attendent. Ils se tiennent dans l'ombre, et Markhoff est incapable de les identifier tout de suite. Lorsqu'il s'approche d'eux, il reconnaît le père de Jo et son complice.

— Bernard et Jack ? Que faites-vous ici ? s'écrie-t-il. On vous avait dit de surveiller la *Villa des Mouettes*, pour que personne n'aille alerter la police.

— Oui, répond le premier. Nous sommes

venus te dire que la cuisinière, Maria, est allée ce matin à la gendarmerie. Il y avait une petite fille avec elle. Les garçons ne semblaient pas être là.

— Naturellement ! Ils sont ici ! Ou tout au moins ils y étaient, grogne Markhoff, car ils viennent de disparaître. Quant à la police, on sait qu'elle est en route et on a établi nos plans. Vous nous apportez des nouvelles un peu tardives ! De toute façon, nous emmenons la fille en hélicoptère avant que les gendarmes arrivent. Ils sont au courant qu'elle est ici ?

— Comment veux-tu qu'on sache ça ? s'énerve Bernard, le père de Jo. D'ailleurs, ça ne nous concerne pas. On veut notre argent. On a fait notre part du boulot et vous ne nous avez payé que la moitié de ce que vous aviez promis, donne-nous le reste !

— Demandez à Mesnil-le-Rouge, rugit Markhoff. Allez ! Demandez-lui !

— Très bien, on y va de ce pas ! s'écrie Jack, dans un mouvement de colère. On a fait tout ce qu'il a exigé : volé les documents, kidnappé la gosse et son maudit chien – il m'a mordu, regarde ma main ! – et on ne serait pas entièrement payés ? Eh bien, je vois qu'on arrive à temps ! Vous alliez vous envoler en hélicoptère et nous laisser ici nous débrouiller avec les gendarmes ! Bande d'escrocs ! Où est le Rouge ?

— Dans la grande salle de la tour. Et j'ai de mauvaises nouvelles pour lui. Il vaut mieux que je lui parle le premier.

— On te suit, déclare Bernard.

Ils l'accompagnent dans l'escalier, et découvrent le géant roux en train de fouiller dans les papiers qui ont été volés chez le père de Claude. Il paraît de fort mauvaise humeur. Lorsque Markhoff entre, il lui jette les feuilles à la figure !

— Je n'ai pas le document que je voulais ! Je garderai donc la fille en otage jusqu'à ce que... Mais que veux-tu, Markhoff ? Pourquoi fais-tu cette tête ?

— Des ennuis ! Premièrement, le chien s'est sauvé. Il n'était plus là lorsque je suis allé pour le tuer ; deuxièmement, les garçons se sont enfuis aussi ; ils se sont échappés de la cabane, où ils étaient pourtant ligotés ; troisièmement, il y a deux visiteurs pour toi ; ils réclament de l'argent et viennent t'apprendre ce que tu sais déjà : la police est à nos trousses !

Mesnil-le-Rouge entre dans une grande fureur. La rage fait scintiller ses yeux. Il regarde durement les trois hommes.

— Vous ! Jack et Bernard, vous osez venir quand je vous ai ordonné de rester là-bas ! voci-

fère-t-il. Vous avez été payés, vous n'avez pas le droit de me demander encore de l'argent !

Personne n'entend ce qu'il dit ensuite, car de l'étage au-dessus viennent des cris, des hurlements, des trépignements.

— C'est la gamine, je suppose, grogne Markhoff. Elle cherche à défoncer la porte. Elle qui était si calme, jusqu'à présent !

— Il vaut mieux la faire sortir maintenant et partir, décrète Mesnil ; Jack, va la chercher. Amène-la ici et tâche de la raisonner un peu.

— Va la chercher toi-même ! réplique Jack.

Mesnil-le-Rouge sort immédiatement un revolver de sa poche.

— On ne discute pas mes ordres ! affirme-t-il d'une voix soudain très calme et très froide. Jamais, tu entends ?

Jack monte les escaliers quatre à quatre ; Bernard l'accompagne. Ils poussent les verrous de la porte et entrent. Le père de Jo demeure immobile en découvrant la jeune captive, il se frotte les yeux, s'avance, la regarde de plus près.

— Bonjour, papa, dit simplement l'adolescente. Tu as l'air bien surpris de me voir !

CHAPITRE 22

La ruse de Jo

— Jo ! s'écrie Bernard. Eh bien, ça, alors !

Jack intervient :

— Qu'est-ce que ça veut dire ? demande-t-il rudement à son complice. Que fait ta fille ici ? Qui l'a amenée ? Où est l'autre gosse, celle qu'on a kidnappée ?

— Comment veux-tu que je le sache ? réplique l'autre. Jo, qu'est-ce que tu fais ici ? Parle ! Où est l'autre gamine ?

— Faites le tour de la pièce et regardez si vous la trouvez, répond la jeune fille d'un ton léger.

Mais elle reste sur ses gardes. Les deux hommes fouillent la pièce.

— Regardons bien partout, elle est sûrement cachée, dit Jack.

— Si je l'attrape, elle va recevoir une bonne raclée ! grogne Bernard qui ouvre la porte d'une grande armoire.

Une voix furieuse résonne dans les escaliers.

— Qu'est-ce que vous faites, là-haut ? Amenez la gosse immédiatement !

— Elle n'est pas là ! ripostent ensemble les deux hommes. Elle est partie !

Mesnil-le-Rouge monte les escaliers quatre à quatre et fait irruption dans la chambre. Dans la pénombre, il aperçoit la jeune fille et s'écrie :

— Qu'est-ce que vous racontez ? Elle est là, sous vos yeux. Vous êtes fous ?

— Non, rétorque le père de Jo. C'est toi qui es fou. Nous avions kidnappé la petite Dorsel et celle que nous trouvons ici n'est autre que ma propre fille !

Le bandit considère Bernard. Est-il idiot ou a-t-il perdu la raison ? Puis il regarde à nouveau la prisonnière et ne remarque pas de différence entre elle et Claude ; mêmes cheveux courts, même nez en trompette, mêmes vêtements, il ne peut pas croire qu'il a devant lui la mauvaise personne. Il continue à croire que ses deux hommes de main veulent le berner. Mais la captive a son mot à dire.

— Oui, je suis Jo ! Claude est partie ! Papa est venu pour me libérer, n'est-ce pas ?

Bernard demeure stupide, ne sachant comment réagir. Mesnil-le-Rouge est de plus en plus en colère. La voix qu'il entend n'est, en effet, pas celle de Claude. Il pense alors qu'on a cherché à le rouler en remplaçant son otage par Jo. Il court vers le père de cette dernière et le frappe violemment au visage.

— Tu as voulu être plus fort que moi, hein ?

Bernard s'écroule sur le sol. Jack vient immédiatement à son secours. La jeune prisonnière regarde les hommes lutter et hausse les épaules. Qu'ils se battent donc ! Ils l'ont oubliée et elle s'en réjouit. Elle court vers la porte, dégringole les escaliers, mais, à mi-chemin, elle s'arrête et remonte en courant ; elle a une idée : elle tourne la clef dans la serrure et pousse les verrous.

À l'intérieur de la pièce, les trois hommes entendent la clef tourner, et se ruent simultanément vers la porte.

— Elle nous a enfermés !

— Au secours ! Markhoff ! s'égosille Mesnil-le-Rouge, écumant de rage.

Son complice se trouve à l'étage inférieur ; il entend des cris ; il se demande ce qui se passe et monte voir. Jo, en entendant le bruit de ses pas sur les marches, se cache dans un renfoncement du

mur. Aussitôt qu'elle voit Markhoff s'approcher de la porte verrouillée, elle dévale les escaliers. Elle serre un objet contre elle : c'est la grande clef de la pièce où elle a emprisonné les bandits ; personne ne pourra les délivrer !

— Ouvre cette porte, hurle le géant roux. La gosse s'est enfuie !

— La clef a disparu, répond son complice. Cette maudite gamine a dû la prendre. Je m'en occupe !

Courir après Jo est une chose, la retrouver en est une autre. Elle semble s'être dissipée dans l'air. Markhoff fouille en vain toutes les salles de la tour et sort dans la cour ; il n'y a personne.

Jo est déjà loin. Elle court retrouver ses compagnons. Ils sont sûrement encore dans les grottes. La jeune fille a du mal à descendre les escaliers du souterrain car elle n'a pas de lampe. Elle n'a pas peur, mais elle pousse un petit cri de douleur, car sa cheville heurte une pierre.

Les trois autres rescapés, François, Mick et Claude, sont toujours assis au même endroit, Dagobert au milieu d'eux. D'un commun accord, ils ont tous décidé d'attendre la nuit pour s'enfuir par la grille principale. Avec un peu d'espoir, d'ici là, Dagobert sera peut-être plus réveillé et leur viendra en aide. Soudain le chien jappe. Claude le fait taire ; ils écoutent tous...

— François, Mick, où êtes-vous ? J'ai perdu mon chemin !

— C'est Jo ! s'écrie Claude.

Elle allume une lampe de poche.

— On est là ! Comment t'es-tu échappée ?

— Je vous raconterai.

Elle s'assied auprès d'eux, le visage brillant de joie.

— Le chemin n'est pas facile, sans lumière. C'est pourquoi je vous ai appelés.

Puis elle brandit une énorme clef.

— Regardez, j'ai enfermé Mesnil-le-Rouge, Jack et mon père dans le donjon. Voilà la clef. Qu'en dites-vous ?

CHAPITRE 23

Markhoff les poursuit

François s'empare de la clef et la regarde en souriant.

— Jo, c'est la clef ? Et tu les as enfermés à l'intérieur ! C'est super ! Tu es merveilleuse !

— Oui, répète Mick, Jo est extraordinaire. Je n'ai jamais rencontré une fille comme toi dans ma vie !

Il lui donne une gentille bourrade, et Jo a un sourire de fierté.

— C'était facile ! affirme Jo, les yeux étincelants de joie. Tu me fais confiance maintenant, Mick, n'est-ce pas ? Vous ne serez plus méchants avec moi ?

— Bien sûr que non ! s'exclame Claude.

Tu es notre amie pour toujours. Je te demande pardon pour toutes les horreurs que je t'ai dites ; tu es aussi courageuse qu'un garçon !

C'est le plus beau compliment qu'elle puisse lui faire. Jo cligne des yeux.

— J'ai fait tout cela pour Mick, avoue-t-elle.

Le chien lève soudain la tête, et se frotte doucement contre les genoux de Jo.

— Regarde, il me reconnaît ! s'écrie celle-ci. Il va mieux ?

— Oui, il va mieux, répond la petite maîtresse. Il est encore très faible, mais il a l'air de remonter la pente.

Ils se sentent tous rassérénés. Pourtant François regarde sa montre.

— Je me demande ce qu'ils font là-haut.

Les trois bandits sont toujours enfermés. Markhoff est remonté au sommet de la tour quand il s'est résigné à l'idée que Jo avait disparu, mais il n'a pas pu défoncer la porte qui est très lourde. Au bout d'un moment, le complice de Mesnil-le-Rouge entend des voix d'hommes dans la cour. La police ? Déjà ? Il descend les escaliers à pas de loup, et pousse un soupir de soulagement : ce sont les deux mécaniciens, Charles et René, qui sont venus l'aider à réparer l'hélicoptère.

Dans la chambre, Jack et Bernard surveillent

Mesnil-le-Rouge qui fait les cent pas comme un lion en cage ; ils se réjouissent d'être deux contre lui, car il est déchaîné et capable de commettre n'importe quel crime. Il redoute l'arrivée de la police. Par la fenêtre, il appelle Markhoff et lui ordonne :

— Emmène Charles et René dans les grottes. Les gosses y sont sûrement cachés ! Attrapez-les et tâchez de trouver la clef !

Les trois hommes s'élancent ; ils traversent la cour, descendent les escaliers du souterrain. Leurs pas résonnent dans le tunnel rocheux. Ils arrivent enfin dans la caverne. Il n'y a personne ; les enfants, entendant du bruit, se sont glissés par la trappe dans l'autre cave. Ils ont traversé la grotte hantée de chauves-souris et se trouvent maintenant à mi-hauteur de la falaise.

François cherche, en braquant sa lumière, quelque cavité rocheuse où se tapir. Au-dessus de lui, la paroi offre un renfoncement. Il y hisse Claude et Dagobert, encore somnolent, et Mick grimpe ensuite derrière sa cousine. L'aîné du groupe découvre une autre cachette, tandis que Jo se blottit dans une faille. Mais, elle n'est pas assez rapide ! Markhoff, Charles et René l'aperçoivent dès qu'ils arrivent dans la caverne. Le premier attrape la jeune fille, l'arrachant à sa cachette.

— Voilà celle que je cherche, dit-il aux autres. C'est elle qui a enfermé Mesnil.

Et bousculant l'adolescente :

— Où est la clef ? Donne-la-moi ou je te pousse du haut de la falaise !

François est épouvanté à l'idée que Jo puisse être précipitée dans la mer. Il se prépare à courir à son secours, lorsqu'il entend Jo parler.

— C'est bon ! Lâche-moi, espèce de brute. La voilà, ta clef. Va délivrer mon père avant que la police arrive, je ne veux pas qu'il soit arrêté.

L'homme pousse une exclamation de triomphe et se saisit de l'objet.

— Maudite gosse ! Tu vas rester là avec les autres, vous ferez tous un long séjour dans ces grottes, car nous allons pousser un énorme rocher sur la trappe et vous serez prisonniers. Vous ne pourrez vous échapper ni par en haut ni par en bas. Et si vous essayez de vous enfuir à la nage, les vagues vous rejetteront contre la falaise !

Les deux mécaniciens ricanent.

— Bonne idée, dit l'un, ils seront emmurés vivants et personne ne le saura. Venez vite, on n'a pas de temps à perdre. Si Mesnil-le-Rouge n'est pas bientôt délivré, il va devenir fou.

Ils repartent vers le souterrain et les enfants écoutent décroître le bruit de leurs pas. François sort de sa cachette.

— Si ces hommes bouchent vraiment la trappe, on est cuits. La mer est trop agitée pour qu'on puisse s'y risquer !

— Je vais regarder s'ils ont déjà bloqué l'ouverture, dit Mick. Ils ont peut-être voulu seulement nous faire peur.

Hélas ! lorsque les garçons éclairent le plafond, ils voient le rocher s'abattre sur l'ouverture. Impossible de ressortir ! Tristement, en silence, ils viennent s'asseoir sur le rebord de la falaise, dans la lumière du soleil couchant.

— Quand je pense que Mesnil-le-Rouge et les autres vont être libérés... soupire Claude.

— Mais non, la rassure Jo. Je ne leur ai pas donné la clef de la tour, j'avais aussi sur moi celle de la caravane de papa. Je ne m'en sépare jamais ! Les bandits sont toujours enfermés là-haut !

— Bien joué ! s'écrie l'aîné. Tu es fantastique, Jo !

Mais soudain, Mick émet une pensée encore plus désagréable que la précédente.

— Ne nous réjouissons pas trop vite. Quand Markhoff et ses complices verront qu'ils ont été dupés, ils reviendront. Et qu'est-ce qui nous arrivera ?

CHAPITRE 24

De l'inattendu...

La pensée que les bandits peuvent revenir, furieux, affole les enfants.

— Dès que Markhoff aura essayé la clef, il verra bien que Jo s'est moquée de lui, estime Claude.

— Il reviendra ici fou de rage ! Que faire ? demande François. Nous cacher encore une fois ?

— Non, décide Mick. Sortons. Descendons le long de la falaise jusqu'à la mer, je me sentirai plus en sécurité que dans cette grotte. Peut-être trouvera-t-on une meilleure cachette dans les rochers de la crique.

— Quel dommage qu'ils aient détruit mon

bateau ! soupire Claude. Comment va-t-on emmener Dagobert ?

Ils se concertent. Jo se souvient de la corde qui leur a servi à grimper et qu'elle a laissée au creux d'un rocher.

— J'ai une idée, déclare-t-elle.

Son esprit travaille vite.

— Toi, François, tu vas descendre le premier, ensuite Mick, et puis Claude. Alors je remonterai la corde, j'y attacherai Dagobert et je le ferai descendre jusqu'à vous. Il est tellement endormi qu'il n'aura même pas conscience du danger !

— Et toi ? interroge l'aîné. Tu vas rester la dernière ? Tu seras toute seule sur le rebord de la falaise. Et si les hommes reviennent...

— Ça m'est égal, l'interrompt la jeune fille, je n'ai pas peur. Dépêchez-vous.

François descend le premier en s'aidant de la corde, puis c'est le tour de Mick, à qui l'angoisse donne du courage. Il faut fuir à tout prix ! Leur cousine les suit ; elle n'aime pas particulièrement ce genre de sport ; chaque fois qu'elle regarde la mer au-dessous d'elle, elle a le vertige. Enfin elle parvient au bas de la falaise.

Pour le chien, c'est plus difficile. Claude attend avec anxiété. Jo s'efforce d'attacher Dagobert de telle façon qu'il ne coure aucun risque, mais il

est bien lourd... Elle arrive tout de même à le lier solidement et elle appelle les autres.

— Attention, le voilà ! Pourvu qu'il ne se mette pas à gigoter ! Il risquerait d'être projeté contre les rochers.

La pauvre bête n'aime pas du tout cette expérience. Se trouver balancé dans l'air ne lui plaît guère. Mais enfin, tout se passe bien. Sa maîtresse le reçoit dans ses bras et le détache.

— À moi, maintenant ! J'arrive ! s'écrie Jo.

Ses pieds s'appuient sur les arêtes de pierre, ses mains trouvent des aspérités où s'agripper. Elle descend très vite, sans même s'aider de la corde. Les enfants la regardent avec admiration. Bientôt elle les a rejoints.

— Et maintenant, demande-t-elle. Qu'est-ce qu'on fait ?

— On cherche une cachette ! répond Mick.

Ils se séparent en deux groupes pour explorer la crique rocheuse. La mer agitée se brise en vagues écumantes contre les récifs. Il est absolument inenvisageable de nager dans ces eaux tumultueuses.

Tout à coup, Claude pousse un cri :

— Venez voir ce que j'ai trouvé !

Ils accourent tous autour de la jeune fille. Elle montre du doigt une sorte d'épave, couverte de varech, échouée sur les galets.

— Un bateau ! Il est couvert de varech, mais c'est un bateau !

— C'est *ton* bateau ! s'exclame François qui a commencé à le dégager. Markhoff ne l'a pas détruit. Il n'a pas pu le trouver, on l'avait recouvert d'algues. Il a simplement menti à Mesnil-le-Rouge en lui disant qu'il avait exécuté son ordre.

— Génial ! se réjouit Jo, en battant des mains. On est sauvés.

Les quatre enfants sont si contents qu'ils bondissent sur place. Ils peuvent enfin s'enfuir ! Mais un cri résonne soudain. Ils lèvent la tête. Markhoff et les deux mécaniciens se tiennent sur le rebord de la falaise, les menaçant du poing.

— Vous êtes pris ! hurlent-ils.

— Vite, vite ! presse Claude, poussant le bateau à la mer. Aidez-moi, poussez fort !

Markhoff descend déjà le long de la falaise, s'aidant de la corde restée en place. Le canot est presque à flot lorsqu'un événement inattendu survient : Dago, toujours somnolent, glisse et tombe à la mer.

— Il va se noyer ! hurle sa maîtresse.

François et Mick ne peuvent pas interrompre leurs manœuvres. Ils voient que Markhoff sera bientôt près d'eux. Mais l'eau a un curieux effet sur le chien. Le froid le réveille tout à fait. Il se met à nager vigoureusement vers Claude qui le repêche par la peau du cou. La barque glisse maintenant dans l'eau. L'aîné du groupe supplie sa cousine de se hâter. Jo est déjà à bord avec Mick. Ils jettent un regard désespéré vers Markhoff.

Soudain, Dagobert s'échappe des mains de Claude et court vers la falaise en aboyant. Le complice de Mesnil-le-Rouge se trouve tout près du sol lorsqu'il entend l'animal aboyer. Il essaie de remonter en vitesse pour se mettre hors d'atteinte.

— Ouah ! Ouah ! rugit Dagobert furieux. Grrrr...

Markhoff a peur. Ses genoux glissent le long de la falaise. Il ne parvient plus à grimper. Cet incident fait gagner du temps aux enfants.

— Ici, Dag ! appelle Claude. Viens maintenant !

Le bateau est prêt, mais le chien n'a qu'une idée : mordre les mollets du bandit !

— Dago ! Dago ! hurlent les quatre enfants.

Enfin il obéit, après avoir jeté un regard de regret sur les jambes de son ennemi. Lorsque celui-ci saute enfin sur la grève, il est trop tard. Le bateau vogue sur les flots. En quelques minutes, il a disparu derrière le haut rocher du promontoire. François et Mick rament vigoureusement. Claude embrasse son fidèle compagnon, Jo le caresse.

— Il va bien, il est guéri ! s'exclame la jeune maîtresse. L'eau froide l'a réveillé.

Soudain Dagobert aboie joyeusement, il a trouvé au fond du bateau le paquet de sandwichs que les enfants ont apporté le matin.

— Que c'est bon de t'entendre japper et de te voir remuer la queue !

— Rentrons vite à la maison, recommande l'aîné. Annie sera tellement contente de nous voir. Quelle aventure on a vécue !

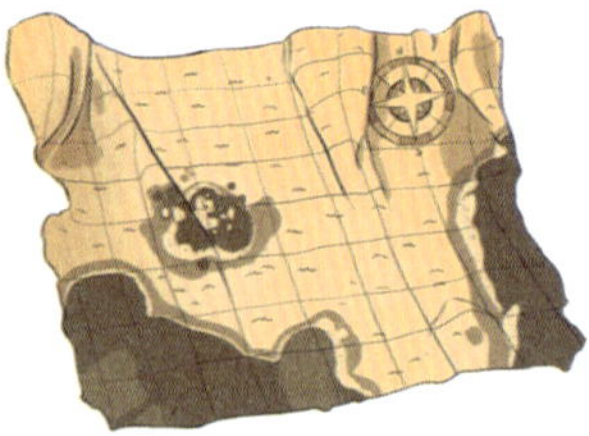

CHAPITRE 25

Tout est bien qui finit bien

Il fait nuit lorsque le bateau de Claude entre dans la baie de Kernach. Les enfants sont si fatigués, qu'ils ont l'impression d'être partis depuis un mois. Les filles ont ramé pour relayer les garçons. Dagobert remonte le moral de chacun par ses joyeux aboiements, et ses gentilles caresses.

— Il n'a pas cessé de remuer la queue pendant tout le voyage. Il doit vraiment être content de se sentir guéri ! constate Claude.

Une mince silhouette apparaît sur la plage, dans l'ombre. C'est Annie. Elle les appelle d'une voix incertaine :

— C'est vous ? Je vous ai attendus toute la journée. Tout va bien ?

— Oui, on ramène Claude et Dagobert, crie Mick d'une voix triomphante tandis que le bateau aborde.

Ils sautent tous sur le sable ; Annie aide à tirer l'embarcation sur la plage.

— Je ne resterai plus jamais toute seule à vous attendre ! déclare-t-elle. J'aime encore mieux avoir peur près de vous.

— Wouh... jappe Dago.

Lui non plus ne veut pas qu'on le laisse seul. Ils rentrent, marchant lentement. Maria est aux aguets sur le seuil et pleure de joie lorsqu'elle voit Claude.

— Claude ! Vous me ramenez ma petite Claude, enfin ! Oh ! Mauvais garnements ! Vous êtes partis toute la journée et je ne savais même pas où vous étiez ! Je me suis fait du souci tout le temps. J'étais tellement inquiète, que je me suis rendue à la gendarmerie. Je me sentais un peu bête, d'ailleurs. Je ne pouvais pas dire où vous vous trouviez. Tout ce que j'ai su raconter c'est que vous étiez partis à la recherche d'un homme appelé le Rouge et que vous aviez pris le bateau de Claude. Les gendarmes ont longé la côte dans un canot automobile et ils ne vous ont pas vus !

— Non, notre bateau était bien caché, explique Mick. Nous aussi, d'ailleurs ! Si bien cachés, qu'on aurait pu rester là-bas toute notre vie !

On entend un bruit de moteur s'approcher de la villa. Une voiture s'arrête devant l'entrée et deux hommes en uniforme de gendarmes en sortent. Quand il entre dans la salle à manger, le brigadier a l'air surpris. Il s'adresse à Maria :

— Ce sont les enfants dont vous nous avez parlé ?

— Oui ! répond la cuisinière. Ils viennent de rentrer !

— Quel soulagement ! Nous venions vous annoncer que notre enquête piétinait ! Nous allons prendre leurs dépositions pendant qu'ils mangent.

Chacun explique ce qu'il sait. D'abord, Claude, puis Jo, puis Mick et François. Les deux hommes rassemblent toutes ces informations ; ils commencent à y voir clair.

— Est-ce que mon père ira en prison ? demande la nouvelle amie des Cinq.

— Je le crains ! répond le sous-brigadier.

— Pauvre Jo ! soupire Maria.

— C'est triste à dire, mais ça m'est égal, rétorque celle-ci. Je suis bien plus heureuse quand il n'est pas là ; il n'a jamais été tendre avec moi...

— Mais qu'est-ce que tu vas devenir ? Où vas-tu vivre ? Et avec qui ?

— Elle peut rester avec moi... intervient calmement la cuisinière. Je n'ai pas d'enfants, et je voudrais un peu de compagnie.

Elle passe un bras autour des épaules de la jeune fille et lui sourit.

— J'aimerais bien vivre avec quelqu'un comme vous, dit Jo. Je serais bien gentille ; je pourrais aussi voir Mick et vous tous de temps en temps.

— Bien sûr ! répond Mick en souriant. Mais fais attention : si j'apprends que tu passes par les fenêtres pour entrer chez les gens, je serai très fâché !

L'adolescente rit ; elle est heureuse.

— Très bien, intervient le brigadier. Nous vous confions cette petite, madame Maria. Mais il faudra que vous fassiez, avant la fin du mois, toutes les démarches pour devenir la tutrice officielle de cette enfant.

— J'irai à la mairie dès demain, promet la cuisinière.

Soudain, Jo se souvient de ce qu'il y a au fond de sa poche, y plonge la main, en sort une grosse clef.

— Voilà pour vous, annonce-t-elle aux gendarmes. C'est la clef de la tour, j'espère que les bandits sont toujours enfermés, vous n'aurez qu'à les cueillir. Ils vont avoir une drôle de surprise lorsqu'ils vous verront entrer !

— Jeune fille, vous avez de la chance de n'avoir subi aucun mal, vous et votre chien ! Nous avons été mis en rapport avec un ami de votre père, pendant que nous recherchions les documents volés. Le savant lui avait confié son carnet de notes sur l'Amérique avant de partir en voyage, Mesnil-le-Rouge n'a donc aucun papier de valeur. Tous ses méfaits auront été inutiles. Quant à M. Dorsel, il nous a rappelés depuis son hôtel. Lui et son épouse rentrent d'Espagne ce soir.

— Que savez-vous de ce Mesnil-le-Rouge ? demande François. Il a l'air complètement fou !

— Si cet homme est bien celui que nous recherchons depuis longtemps, nous serons contents de l'avoir sous les verrous, ainsi que Markhoff, qui n'est pas aussi intelligent que son complice, mais également très dangereux.

— J'espère qu'il ne s'est pas échappé en hélicoptère, dit Mick. Il devait partir ce soir !

— Nous serons là-bas dans une heure, répond le brigadier.

Toute cette aventure se termine donc la nuit même. Les voitures des gendarmes stationnent devant la maison de Mesnil-le-Rouge ; on défonce la grille. L'hélicoptère est toujours dans la cour ; il semble avoir été endommagé. Markhoff et les mécaniciens ont essayé de le faire voler, mais ils ont eu un ennui mécanique, l'appareil est retombé au sol après avoir décollé. Les trois complices sont restés bloqués à l'intérieur.

— Et où est le Rouge ? demande le brigadier après avoir fait sortir les hommes de la carlingue. Est-il toujours enfermé ?

— Oui, répond Markhoff. Et tant mieux ! Il vous faudra briser la porte si vous voulez l'ouvrir, car elle résiste à tout !

— Inutile, déclare le brigadier.

Et il montre la clef. Markhoff le regarde, furieux.

— Maudite gosse ! Elle m'avait donné la clef de sa caravane ! Quand je la retrouverai, elle me le paiera cher !

— Vous ne la reverrez pas avant bien longtemps, mon vieux, l'interrompt le gendarme. Je vous arrête.

Mesnil-le-Rouge, Jack et Bernard, toujours enfermés, écument de colère. Mais leur vilain jeu est fini, et il ne faut pas longtemps pour les embarquer dans la voiture de police.

À la *Villa des Mouettes*, Jo dort dans la chambre de Maria, les autres sont dans leurs lits. Mais ils ne semblent pas avoir sommeil. Dagobert court d'une chambre à l'autre, frétillant de bonheur.

— Dago, si tu sautes encore sur mon lit, je te mets à la porte ! gronde Claude.

Mais, naturellement, elle n'en fait rien ; elle est bien trop heureuse d'avoir retrouvé son chien.

Soudain les enfants entendent la porte d'entrée claquer. Ils sursautent :

— Qu'est-ce que cela peut bien être encore ? s'inquiète Annie.

Ils se précipitent au bas de l'escalier.

— Maman ! Papa ! s'écrie Claude, en apercevant ses parents, chargés de bagages, pénétrer dans la maison.

— Ma chérie ! s'exclame tante Cécile. Nous étions tellement inquiets !

— La police a dit que tu avais été enlevée ! poursuit l'oncle Henri. Comment te sens-tu ?

— Bien mieux, maintenant que je suis rentrée et que vous êtes là ! répond la jeune fille.

— Tout est bien qui finit bien ! déclare François, qui s'avance à son tour pour embrasser son oncle et sa tante.

— Tout est bien qui finit bien, répète Annie. Voilà ce que j'aime entendre à la fin d'une aventure !

FIN

Tu as aimé cette histoire ?
Retrouve toutes les aventures du **CLUB DES CINQ** en Bibliothèque Verte !

Tome 1

Tome 2

Tome 3

Tome 4

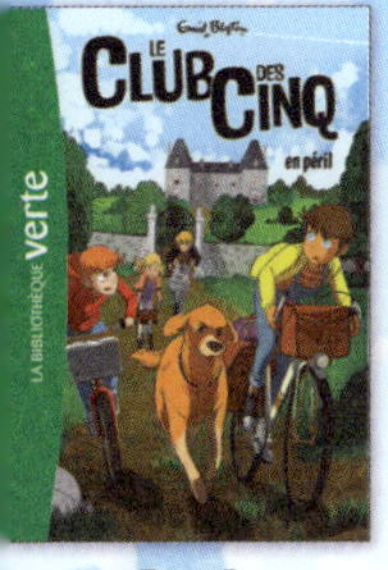

Tome 5

Tome 6

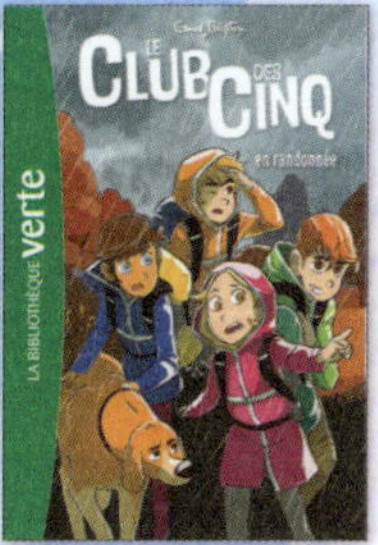

Tome 7

Tome 8

Tome 9

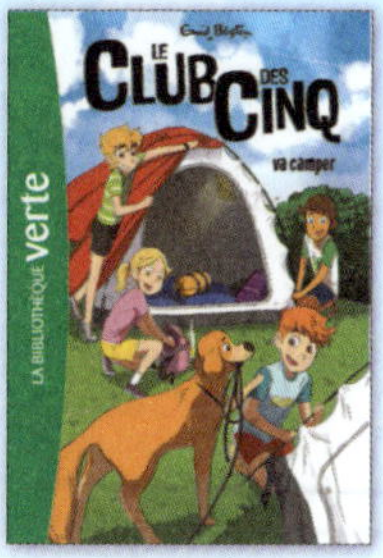

Tome 10

Table

hachette s'engage pour l'environnement en réduisant l'empreinte carbone de ses livres. Celle de cet exemplaire est de :
400g éq. CO_2
Rendez-vous sur
www.hachette-durable.fr

PAPIER À BASE DE
FIBRES CERTIFIÉES

Photogravure Nord Compo - Villeneuve-d'Ascq
Imprimé en Roumanie par Rotolito Romania
Dépôt légal : mars 2019
Achevé d'imprimer : mai 2022
72.2808.9/16 – ISBN 978-2-01-707220-1
Loi n° 49956 du 16 juillet 1949
sur les publications destinées à la jeunesse